JEAN-YVES LACROIX

HAUTE ÉPOQUE

roman

ALBIN MICHEL

Quando sarai dinanzi al dolce raggio
di quella il cui bell' occhio tutto vede,
da lei saprai di tua vita il viaggio.

« Quand tu seras devant le doux regard
de celle dont les beaux yeux voient toutes choses,
tu sauras d'elle tout le chemin de ta vie. »

Dante, *L'Enfer*, Chant X

1

Seul, depuis quinze jours, au fond de cette campagne, la canicule m'écrase, je garde la maison. Le dos tourné à l'été, le buste penché au-dessus du sol, entre les flaques de lumière qui coulent des volets, j'observe mes pieds battre les tommettes sans que je leur aie rien ordonné. J'ai la pulpe des doigts parcourue de décharges électriques, dans la bouche un goût de foin et de métal rouillé, je n'ai jamais autant pompé sur mes Dunhill. Autour de moi, dans la fumée, je vois les ombres lentement monter.

Pour parfaire mon abrutissement, le plus clair de mon temps, je m'oblige à compter. Pas seulement à dénombrer mes symptômes et à établir les moyennes horaires de tout ce que je fais, mais encore à compter sans limite, par simple mécanique, comme un automate qui se lancerait à la poursuite de l'infini. Quand il m'arrive de quitter mon fauteuil, c'est pour m'asseoir au volant de la voiture ou bien monter à l'étage rejoindre la chambre à coucher. À dire vrai, je prends mon seul exercice en poussant un chariot rempli de bouteilles d'eau dans les allées du supermarché. Le dimanche, je m'accorde deux heures de conduite sur les départementales du Lot ; j'ai beau filer droit, chercher la tangente, toujours je tourne en rond.

Quand pointe la fraîche, à la nuit tombée, sous le ciel du mois d'août qu'on dirait piqué d'étoiles, je sors me désengourdir un peu sur la terrasse en surplomb du jardin. À l'heure où les hommes se découvrent des regrets dans le chant des cigales, je fume un joint ou deux et je cesse pour quelques instants de me débiliter. Avant de franchir le seuil, je veille à actionner l'interrupteur qui commande les deux lampadaires extérieurs, car tous les soirs depuis le premier de ma villégiature, j'honore une sorte de rendez-vous. Des quatre coins de ces terres dénuées de foyers, des quantités écœurantes d'insectes fondent vers la lumière et viennent s'ébattre entre les plaques en verre blanc des lanternes. Quand j'éteins, toutes ces bestioles se saisissent de vertige et peinent à s'égailler. C'est alors que les chauves-souris passent à l'attaque.

Ma réputation s'est vite établie dans la colonie locale. Une fois, au début de mon séjour, un spécimen de couleur blonde, à l'aspect pas commode du tout, un de ces oiseaux circonflexes a bien failli me percuter le front. La terrasse était encore illuminée et j'ai compris qu'il s'agissait d'un défi. D'un mouvement de danse, j'ai esquivé l'agresseur, et j'ai insulté sa race. L'incident ne s'est jamais reproduit. Elles sont présentes, je les vois du porche ou depuis la fenêtre du salon qui se gavent en produisant des bruits d'air et de capes en taupé ; loin dans les collines, tard la nuit, au milieu des cris de chouettes, il me semble les entendre roter. C'est fou comme on se fait vite des relations quand on n'est là pour personne.

Je m'étais déjà rendu à ce constat, il y a presque dix ans, quand toute l'histoire a commencé :

le 1er décembre 1994, la seule et unique fois où j'ai pu voir Guy Debord de mes yeux, dans une cellule du commissariat du boulevard Voltaire, 11e arrondissement de Paris. Il devait être quatre heures du matin. Je n'ai jamais su ce qu'il faisait là et, du reste, l'épisode de son incarcération demeure ignoré de ses biographes qui tous situent son décès la veille, le 30 novembre, vers dix-sept heures trente, rapport du légiste et témoignage de la veuve à l'appui. Inutile de préciser que, sur le moment, je ne soupçonnais rien de cette petite difficulté technique.

Je dégrisais seul depuis deux heures en répétant le serment de revendre mon véhicule sitôt ma liberté recouvrée, quand la porte s'est ouverte sur un hurluberlu curieusement attifé. J'ai su plus tard que Guy Debord se targuait d'une ressemblance physique avec l'acteur Philippe Noiret, mais cette nuit-là, c'est à Coluche que j'ai pensé. Dans un rôle d'empereur romain marqué par la mélancolie, le soir du sac de la Ville, avec sa toge de lin blanc en tristesse et, par endroits, copieusement souillée de sang. L'œil vert vitreux qu'on voit aux poulpes sur les mauvais étals, le visage d'un gamin rondouillard, et sur le cou, sur les parties du torse qui s'offraient nues au regard, couvrant l'intégralité des bras et, plus bas, des jambes, la pilosité d'un marcassin. Un mètre soixante-dix, soixante ans d'arrosage.

Je me tenais assis face à la porte, sur une banquette de béton armé scellée dans le mur, adossé à une couverture roulée en boule. Il m'a longuement dévisagé avant de scruter la pièce. Au sol, à côté de petits monticules de matières organiques, on distinguait un trou, mais nulle part de chasse d'eau. Gravées sur l'enduit noir et luisant des murs, on devinait d'effroyables cochoncetés. Il m'a tendu la main, il s'est présenté, et en désignant la lumière poisseuse du plafonnier, il a lancé :

– De telles unités d'ambiance, aussi typiquement médiévales, jeune homme, le monarque Mitterrand nous gâte.

Sa voix était empreinte de distinction, le ton légèrement pincé, il me semblait percevoir un écho. J'ai fait glisser la couverture et je l'ai invité à prendre place à mes côtés. Il avait, sous ses allures de pitre, des manières d'une courtoisie authentique et relançait sans temps mort la conversation de ses amabilités.

J'ai commencé à m'épancher, à lui confier mes soucis de libraire en chambre. Je lui ai appris que j'achetais et vendais des livres anciens depuis quelques années, que je me faisais une spécialité des autographes littéraires, des tracts et des documents d'avant-garde. À l'évocation d'André Breton et des papillons dada, je l'ai vu s'enflammer. J'étais impressionné par ses notions.

À l'heure morte et vaine de la nuit, il m'a attiré à lui avec des mines de conjuré, me susurrant qu'il avait des révélations à faire au sujet de la mort de celui qu'il surnommait Dédé-les-amourettes. Il tenait ses informations d'un ami chirurgien, ancien footballeur de Saint-Nazaire, aujourd'hui à la retraite, lequel n'avait jamais cru à la thèse de la crise d'asthme mortelle. D'après son expérience du terrain, une structure d'urgence comme celle du centre hospitalier de Cahors où André Breton avait été admis un jour de septembre 1966 aurait réussi à faire face à un tel problème, même au milieu des flonflons et des flots de clairette, un soir de Saint-Sylvestre. L'origine réelle des complications pulmonaires avait nom Lojito. Un perroquet mexicain, trotskiste aux dires de certains, une sale bête dont le poète avait eu le tort de s'enticher en vieillissant. La psittacose avait provoqué une inflammation sournoise des bronches, très difficile à diagnostiquer. André Breton était certainement mort asphyxié par la maladie du perroquet.

J'ai senti monter du couloir une violente odeur de Javel. Dans une cellule voisine, un détenu a commencé de marteler sa porte à grand fracas, en hurlant qu'il venait de voir passer une taupe. Guy Debord s'est levé, a procédé à quelques étirements, et devant moi, je l'ai entendu articuler, théâtral :

– Vous et moi nous ressemblons, jeune homme : nous croyons tous les deux que la vérité du monde tient sur une demi-feuille de papier… Mais je ne peux rien ajouter, je dois me taire, car je n'ai le droit de révéler aucun des secrets de ma prison, vous lirez la suite dans les gazettes.

Il a fait un pas en direction de la sortie et la porte s'est ouverte par enchantement. Exit Guy Debord.

2

Deux jours plus tard, je troquais mon vieux break contre un Chateaubriand de 1844, une édition originale de *La Vie de Rancé* en demi-maroquin vert. Un exemplaire énigmatique avec, à la page 104, ces cinq mots soulignés : « assez voisins de la mer », et en marge une petite note au crayon, « C'est une erreur que j'ai signalée à l'auteur, et qui doit la rectifier dans la deuxième édition (H. B.). » En attendant de prouver qu'il s'agissait de l'écriture de Stendhal, de celle de Berlioz ou d'un autre, non moins vendeur, j'en étais pour des frais de taxi.

J'avais oublié la suggestion de Guy Debord : garder un œil ouvert sur la presse, mais certains êtres, sitôt entrés dans notre vie, se rappellent à nous avec tant d'insistance, tant de science du détail et des choses troublantes qu'on finit par comprendre qu'ils s'y tenaient depuis toujours enfouis. Je ne connaissais pas le nom de Guy Debord et il a suffi de l'entendre prononcer une fois pour que se découvre à mes pieds, dans l'espace de mes bras, une région encore inconnue de moi-même.

Je montais dans un taxi rue de Saint-Pétersbourg, une semaine après ma brève incarcération, quand j'ai pris conscience de l'ordre véritable des choses. Alors que j'insistais pour que le chauffeur évite le tunnel des Tuileries, il s'est senti autorisé :

– Z'êtes phobique, hein ? C'est ça ? Savez, z'êtes pas le premier tordu qui me demande ça. Zitrone, vous vous souvenez de Zitrone ? Eh bien, Zitrone c'était ça, y pleurait sa mère dans les tunnels, sur les viaducs, y chialait même à cinquante centimètres du sol, debout sur un tabouret. Pendant deux, peut-être trois ans, je l'ai chargé tous les week-ends, le soir après le journal de vingt heures, au pied des immeubles Cognacq-Jay. Y m'avait à la bonne, c'est bien de l'honneur, croyez-moi. Neuf heures moins le quart tapantes, j'ai jamais salopé la course, pas une fois j'ai becté la consigne, tout ça pour dire que z'avez affaire à une sorte d'ès-spécialiste. J'ai connu cet autre aussi, celui qui vient de se rétamer avec sa winchester… Vous lisez pas le canard, vous faites quoi dans la vie ? Un jour, il grimpe dans mon sapin avec sa poule, une Asiate vous voyez le genre, à Vieille-du-Temple, tu parles si je me rappelle, y z'allaient square des Missions-Étrangères. Je prends le tunnel des Tuileries, c'est l'itinéraire, je descends doucement bicause la circule qui f'sait gribiche, y commence à faire du foin, à couiner dans les coins, je mate le rétro, z'auriez vu ses chasses sous les hublots : deux œufs au plat-paprika, vrai, je déconne pas. Y m'agrippe, y se met à me serrer le kiki ! Sa gonzesse a dû le mordre, ce con, y me lâchait pas. J'ai fini par sortir du tunnel, y m'a dit qu'il avait fait un malaise. Tu m'étonnes, le genre de malaise. Je me suis arrêté devant une pharmacie, ensuite y m'ont payé un coup. Plus fortiche, je dois reconnaître, le type à l'apéro. Debord, y s'appelait, ça s'oublie pas un cas comme ça. Dans l'torchon, j'ai lu que c'était un révolutionnaire. Je dis pas ça pour vous, hein, le prenez pas mal, mais vous feriez confiance à des gars comaques, vous, pour la faire la révolution ?

Je suis rentré chez moi les bras chargés de papiers. J'avais acheté tous les hebdomadaires sortis le 8 décembre 1994, tous les quotidiens, et récupéré, çà et là, ceux de la veille et de l'avant-veille. Pendant les six mois qui ont suivi, je ne ratais pas un article où apparaissait le nom de Guy Debord. Ils se multipliaient, au vrai, relayés par des rumeurs de suicides collectifs dans les cercles intellectuels de la capitale après la mort d'un autre écrivain et celle du directeur d'une maison d'édition parisienne. Un matin, j'ai posé sur le bureau un bâton de colle neuf, mon stylo, ma paire de ciseaux et j'ai ouvert un grand cahier vierge dans lequel, en suivant l'ordre chronologique, j'ai disposé les articles préalablement découpés. Je les ai collés. En tête de chaque coupure, à la main, j'ai noté la source. J'ignorais encore que Guy Debord avait déjà fait de telles compilations un procédé littéraire et, sans y ajouter de commentaire, des livres qu'il signait de son nom.

J'ai relu mon cahier de la première à la dernière ligne et j'ai jugé l'effet saisissant. Les mauvaises grâces, la confession dédaigneuse, le fer de l'humiliation, toute la panoplie du ressentiment tombait devant la pauvreté, l'incohérence des faits rapportés, et l'extravagance des contradictions qu'on lisait d'un papier à l'autre. Était-il vraiment si mauvais un homme qu'on déteste tant ? Quelques lignes favorables m'ont pourtant frappé : « Il ne se livrait à aucune sorte d'épanchement. C'était un aristocrate chaleureux et raffiné. Je ne lui ai jamais connu la moindre vulgarité, la moindre trivialité, avec lui c'est à un voyage sur place que je me suis livré. L'infini, voyez-vous, c'est avant tout une question d'ambiance. »

Les faits : Guy Debord s'était donné la mort d'un tir de carabine en plein cœur, le mercredi 30 novembre en fin d'après-midi, dans sa résidence de Champot, en Auvergne. La police avait été alertée par sa femme, présente sur les lieux au moment du drame. Nulle part cependant on ne disait ce qu'on avait fait du cadavre.

Guy Debord était né à Paris en 1931, il avait écrit une douzaine de livres, réalisé des films expérimentaux interdits de projection depuis neuf ans, par son propre décret. Il avait fondé en 1958 *Internationale situationniste*, une revue de petite diffusion, et sous le même nom une avant-garde politique et artistique qui, en quinze années d'existence, n'avait pas trouvé le moyen de recruter plus de quatre-vingts membres. Il n'était jamais passé à la télévision, ne donnait aucune interview, et des journalistes diversement hostiles s'accordaient néanmoins à déplorer l'influence décisive de sa pensée et de son comportement lors des journées de Mai 1968.

Sur la couverture du cahier, j'ai écrit : « Mystère ». Et puis j'ai ouvert un second cahier dans lequel j'ai recueilli ce singleton, la coupure d'un texte paru dans *Le Monde* du 17 décembre 1994 sous le titre « Guy Debord, cardinal », sans nom d'auteur : « Guy Debord était né petit, noir, laid, maladroit de ses mains – il ne savait pas se boutonner –, mais ces difformités n'apparaissaient pas sur les portraits. Dans l'air du visage, il avait au contraire quelque chose d'arrogant, et des airs de grand large. Réputé dangereux sous le rapport de l'esprit, ayant eu l'audace de mugueter quelques femmes, ce lovelace tortu et batailleur fut obligé de s'enfuir. À Florence, à Cordoue, partout dans les tavernes, il se faisait l'idole des mauvais sujets.

« En ces temps, l'homme de lettres touchait à l'homme du mal et Guy Debord contrariait l'avenir de la société. Il avait prononcé le vœu de ne plus s'embarrasser des apparences de sa vie morale. Il éventait ses iniquités afin de se former, disait-il, une image semblable de lui-même. Entre deux complots, il couchait sur le papier des projets de scandales. Il demandait autour de lui : "Est-il quelqu'un pire que moi ?"

« De l'esprit comme homme, du talent comme écrivain l'ont fait prendre pour un personnage de génie. Mais les grands génies doivent mesurer leurs paroles. Elles demeurent, et c'est une beauté irréparable. Quant à ses actions politiques, le moindre de nos révolutionnaires eût brisé en une heure ce qui arrêta Guy Debord toute sa vie. Il ne se douta jamais qu'il y a plus de gloire dans les élans d'une amoureuse que dans tous les hauts et les bas de sa destinée. Il ne se rappelait que le rôle qu'il avait joué.

« Quiconque est voué à l'avenir porte en lui un roman. On le pressait de toutes parts de dicter ses aventures, il leur préféra une femme sans nom. Il représentait son époque : privé de sens moral, cette privation était sa force. On le disait scarabée vénéneux, capable de changer à tout moment de forme. Sur le chapitre de l'argent cependant il fut noble : il paya ses dettes de la royauté de la rue, par cette seule raison qu'il s'appelait Guy Debord. Peu lui importait du reste sa personne, ne s'était-il pas exposé lui-même au coin de la Sorbonne ? Il savait seulement ne pouvoir bien mourir qu'entre ses mains. »

J'ai refermé le cahier, et sur la couverture j'ai inscrit : « Mystère épaissi ».

3

Au fond de la plus austère mathématique demeure une autobiographie. J'ai parcouru *Les Éléments*. D'où peut bien venir cette idée mortifère de deux parallèles qui ne se croisent jamais, sinon de la vie d'Euclide, des confins du désert ? Fils d'un comptable attaché à la gestion des ressources militaires, chargé fort jeune de veiller au tracé des colonnes des registres, profondément marqué par cette architecture athénienne où il avait bien failli s'éveiller à l'amour, Euclide ne voyait pas sur les côtés. Plus tard, au cours de son exil égyptien, incongru dans sa toge vert d'eau comme un poireau sous le soleil d'Alexandrie, tassé par la honte de son infirmité, il confessait à ses disciples, entre deux cours magistraux : « Il ne m'est jamais rien arrivé. »

Je fais un métier de rencontres, je connais la géométrie des hommes, la vraie, celle dans laquelle les parallèles se croisent et se recroisent, par chance ou par calcul, avec souvent des conséquences inattendues. Ma nuit en prison, les instants passés avec Guy Debord ont marqué les débuts d'une ère de prospérité pour mon commerce. Les opportunités d'achats se sont révélées plus juteuses, les tuyaux de meilleure qualité.

En mars 1995, j'ai pris un train Corail à destination de Limoges afin de rencontrer la veuve d'un dadaïste allemand. J'étais recommandé. Elle habitait à deux pas de la cathédrale une HLM perdue dans les amas de brume. Grelottant dans le froid humide, les bras croisés sur son tablier miteux, elle m'attendait sur le seuil. Toute menue, chaussée de pantoufles trouées, on aurait dit une souris de réforme. Dans le séjour où elle m'a invité à pénétrer, rien ne témoignait que le vent de l'esprit avait un jour soufflé. Pas le moindre bibelot, pas de tableau pour accrocher le regard, pas le dos d'un livre, mais de solides armoires en bois de chêne, fermées à double tour, et des meubles à tiroirs. Sur la table, pour tout ornement, elle a désigné la machine à écrire du défunt :

– Je m'en sers encore, il me faut racheter des rubans, vous tombez bien.

Dame Marthe avait fait la connaissance de son grand homme dans les premiers jours de la Seconde Guerre mondiale. Depuis son départ en exil, en 1933, Raoul Hausmann parcourait l'Europe avec Herta, son épouse. Ils avaient d'abord trouvé refuge à Ibiza, pour quelque temps. On les avait ensuite aperçus à Prague, à Zurich, à Paris, et pour finir dans la campagne limousine où la guerre et leur statut de clandestins les avaient fixés. Les paysans leur assuraient la protection et le couvert en échange de cours d'allemand pour leurs enfants. Marthe avait seize ans et Raoul cinquante-quatre quand il l'avait invitée à poser pour lui, nue, parmi les arbres.

– J'avais la fibre artistique, que voulez-vous ?

Elle parlait de son expérience pédagogique

avec les mots d'une Héloïse en fusion. Pour illustrer ses propos, elle sortait de ses placards des boîtes remplies de clichés de premier choix. Nous avons fait le tour de ses propriétés : six cents photographies originales, un millier de gouaches, dessins et collages, quelques documents anciens, et des dizaines de lettres. En dépouillant la liste des correspondants, je n'ai pas été autrement surpris de trouver le nom de Guy Debord.

Même si dame Marthe s'était déclarée prête à me vendre tout ce qu'il me plairait de lui acheter, je me méfie toujours des vieilles maîtresses trop gourmandes, surtout celles qui continuent d'avaler du yaourt le midi et montrent sans rougir leurs fesses de jeunesse. Comme je le craignais, elle a refusé mon invitation à déjeuner. J'ai gobé un sandwich en me répétant qu'il ne faut jamais laisser seule, ainsi, une souris en roue libre. À mon retour, il y avait des photos sur la table, dix-sept tirages de grand format, des doubles m'a-t-elle averti, dont, en définitive, dans la marée des remords qui l'avait assaillie, il lui était apparu moins cruel de se séparer. Le numéro habituel.

Cent cinquante mille francs, les deux tiers en espèces, sept pour cent de taxe, vous comprenez. Je l'ai trouvée gonflée. Je savais qu'elle avait déjà négocié le meilleur auprès de musées et que je devais mon entrée dans la danse à ce qu'après avoir tant acheté, aucune institution n'en voulait plus.

Dame Marthe clignait des yeux à toute vitesse. Elle a sorti d'un tiroir une petite boîte Ilford qui contenait, au juger, une centaine de tirages contacts sur papier de couleur crème. Des nus, des convulsions émouvantes, un seul et même modèle.

– Elle s'appelle Vera Broido, elle a écrit un livre sur l'histoire du marxisme en Angleterre. Je les ajoute au reste si cela peut vous aider.

Le soir, au Luc Hôtel, j'ai donné quelques coups de fil afin de me rasséréner, mais ces petits formats qui m'avaient trop vite aimanté ne valaient rien. En revanche, les grands tirages réservaient des surprises. Je m'étais fait manipuler avec une indéniable honnêteté. Le lendemain, dans le train qui cheminait plein sud, j'ai repassé les photos de cette Vera

Broido. Au soleil de midi, sous cette peau, on aurait dit qu'un sang lourd fermentait, prêt à déborder.

À Toulouse, où il m'avait appâté avec un dessin de Hans Bellmer, Jean-Marc Nicolaï m'attendait. Avec sa gueule de dieu corse et ses humeurs taciturnes, il passait pour un chineur hors pair et un gauchiste revenu de tout. Il m'a invité chez lui à fêter nos affaires. Tard dans la nuit, affalés sur les sofas du salon, hébétés d'alcools divers et de kif, au milieu de toiles cubistes de sa production, Jean-Marc s'est pris de confidences. Une cuite de vingt ans, contractée aux Beaux-Arts de Paris, quatre longues années au repos dans la région de Beaucaire, et à nouveau la fête que son commerce finançait, assez mal, ce dont il se moquait. Il aimait partir à la pointe de l'aube, il disait sentir dans ces moments le vrai goût de la liberté.

En 1979, il avait rejoint la bande à Lucio, un ouvrier du bâtiment, spécialisé dans l'expropriation et la récupération de matériaux en tout genre. C'était un anarchiste espagnol qui, depuis la France, poursuivait la lutte contre le franquisme. Ses braquages servaient à subventionner les grèves et à payer les avocats qui s'employaient à sauver du garrot les militants emprisonnés. Jean-Marc et ses amis ne venaient cependant pas pour le western. Lucio, cet ancien maçon, avait appris tout seul et en secret l'art du dessin et le métier d'imprimeur. Il s'était lancé dans la contrefaçon de traveller's cheques, et ses faux semblaient tellement parfaits, ses réseaux d'écoulement si étendus à la surface de la planète qu'ils avaient failli couler l'organisme qui en portait le titre d'émetteur. La First National City Bank avait diligenté des enquêteurs, identifié sans peine le coupable, mais le matériel d'imprimerie demeurait introuvable. Lucio, desperado aguerri, avait pour coutume de tout dissimuler dans les cimetières. Enfin, la First National City Bank avait dû se résoudre au rachat à l'amiable des matrices. Le prix était resté secret, comme dans les contes de fées. Jean-Marc avait vécu des années sur la manne, tel un prince au milieu du folklore.

Je lui ai demandé s'il avait jamais croisé les membres d'un groupuscule baptisé Internationale situationniste.

– Nous fréquentions les mêmes rades, nous baisions leurs frangines ! Les lieutenants de l'IS nous détestaient, mais comme Debord adorait les truands, ils ne pouvaient rien nous chicaner. Avec leurs ouailles, ils se montraient cassants, sûrs de leur prestige, mais nous, nous étions auréolés d'un prestige bien supérieur à celui de la théorie : celui de l'action clandestine. Et puis on buvait comme eux, mieux qu'eux même, et un meilleur jaja. Le jaja, le pia-pia, ce sont les deux mamelles du gauchisme.

– Le pia-pia ?

– La discussion. En version originale : le Hegel.

– Le égueule ?

– Le Hegel, avec un *h* aspiré, la dialectique si tu préfères. C'était le langage et le sésame de la vie nouvelle, et pour dire la vérité, les situs ne se montraient pas à la hauteur qu'ils prétendaient sur le sujet. Ils ne bossaient pas assez. Ils bossaient encore moins que nous qui passions notre temps à faire la fête. Les vrais fortiches du Hegel, aujourd'hui, ils occupent les banques, ils talent les maroquins des ministères. Debord, c'était autre chose, il avait lu. Je ne lui ai jamais parlé, je l'ai côtoyé dans les rades, il m'intimidait, je me contentais de l'écouter. À table, je l'ai vu soutenir plusieurs conversations dans le même temps, avec un feu égal. Il avait un tic, que j'ai pu repérer : chaque fois qu'un camarade achevait un laïus, un topo, Debord ne pouvait s'empêcher de le reformuler à l'attention de l'assistance, comme si chaque idée qui passait devait impérativement recevoir de lui sa forme exacte. Il a demandé qu'on reproduise une lame du tarot de Marseille sur la couverture de son dernier livre. Il s'agit du bateleur : l'artisan de la foudre, le bonimenteur capable d'agencer le réel à la marche de ses exploits, le véritable maître du temps. Dans la foule venue l'écouter, malheureusement, il se trouvait des théories de curés. Un jour, Debord leur a dit en tapant du pied sur la terre : « C'est ici la vie riche, ici notre jeunesse ! » Le lendemain, ils n'avaient déjà plus d'yeux que pour le ciel. Tu les trouverais sur place, en vingt-cinq ans, ils n'ont pas bougé. Les « frères mendiants », c'est comme ça qu'entre nous, on les nommait, gaffe où tu mets les pieds.

Jean-Marc a produit la copie d'une dépêche de l'AFP, en date du 8 janvier 1995. Selon le communiqué, non signé, le corps de Guy Debord avait été incinéré au crématorium de Saint-Étienne, le lundi 5 décembre 1995, à quatorze heures quinze, en présence de son épouse et du frère de celle-ci. Ses cendres avaient été dispersées quelques jours plus tard dans la Seine, sans plus de témoins. J'ai levé vers Jean-Marc un œil interrogateur.

– En tout cas le scoop paraît rassis, la presse nationale ne l'a pas repris.

Il n'a pas fait d'autre commentaire.

Le lendemain, je m'apprêtais à partir, Jean-Marc m'a mis une boîte entre les mains, une boîte pour pochettes polyester transparentes, fabriquées à Tassin-la-Demi-Lune, par la SERC.

– Dix mille balles. Tu achètes sans voir.

J'ai secoué la boîte de droite à gauche. Elle pesait une bonne vingtaine de documents. J'ai dégainé mon chéquier.

4

Aujourd'hui les chauves-souris ne sortiront pas, le vent souffle en bourrasques sur les collines, je guette les éclairs. Je me demande comment elles se comportent dans les orages, si elles sont sujettes à la nausée, au vertige. Cette après-midi, j'ai fait quelques pas autour du fauteuil mais quitter la position fœtale ne me profite pas. J'ai croisé mon reflet dans le grand miroir du salon, et il a suffi d'un instant pour que je perde le chemin qui d'ordinaire me ramène à moi-même. Passe encore ce que j'y ai vu, qui ne me plaît pas, qui ne me ressemble même pas, au bout de tout ce temps je m'y suis habitué. Non, dans ces moments-là, c'est celui qui regarde que je ne reconnais pas et qui d'un seul clin d'œil me chasse de moi. Où se cache la réalité dans l'homme ? Où trouver la terre ferme, sous le sabot de quelle vache ?

Quand je suis revenu de Toulouse à Paris, toutes affaires cessantes, j'ai entrepris de dépoussiérer piles et rayonnages, et d'aérer mes cartons. En moins d'une heure, j'ai trouvé ce que je cherchais : un album photo de marque DP chiné aux puces, format à l'italienne, avec une couverture en basane décorée façon Années folles. J'ai sorti du tiroir un rouleau de coins sans acide et j'ai commencé de disposer les tirages sur les pages de carton gris, en respectant l'ordre dans lequel je les avais trouvés. J'aurais bien voulu donner un sens à tout ça. J'ai passé mon doigt sur les lèvres de Vera à la recherche d'un mot, d'un cri, ou même d'une insulte à l'encontre de cet effronté qui s'ingéniait à lui mitrailler le cul.

Nous autres libraires, quand nous vantons un nu, un poème, nous mettons toujours l'accent sur les circonstances et la précision historiques, mais que pèsent-elles face à la vérité de l'instant ? Un regard clair, et sous le front étroit, dans la brise d'un soir de fin d'été, le vol de mouette des sourcils. Éteints depuis des siècles, ces corps ont été un jour plus importants que tout l'art qui leur a survécu et qui s'entasse aujourd'hui comme des ruines. Je fais un beau métier, sans trop de contraintes, il est vrai, mais les femmes s'y montrent si rares qu'on finit par en croire l'espèce à jamais tarie, et par s'amouracher des mortes.

J'ai tourné encore vingt-quatre heures avant d'ouvrir la boîte de Jean-Marc, par pure superstition. J'ai procédé à l'inventaire du contenu : dix photographies originales (Guy Debord, lui, savait s'entourer de filles), deux affiches et huit tracts édités par Internationale situationniste, ainsi qu'une brochure et une carte postale. Guy Debord apparaissait toujours au centre, sur toutes les images. J'ai sorti le cahier intitulé « Mystère » pour les confronter aux clichés publiés par la presse. J'arrivais à un total de quatorze portraits de Guy Debord pris à différents âges de sa vie. Sur les trois plus anciens, on voyait un jeune homme, fin et élancé, conscient de ses moyens, avec dans le creux de la joue, dans la manière de poser l'œil sur l'horizon quelque chose de famélique. Le plus récent, que produisaient la plupart des journaux, le campait les mains jointes sur les genoux, alourdi dans un fauteuil de cuir ample comme un trône. Derrière les lunettes, sous le casque de ses cheveux, il avait le regard rogue d'un fauteur de chaos. Dans toutes ces vues, je m'étonnais de l'énergie dégagée par le personnage.

Sept tirages – d'une série réalisée sur un curieux papier estampillé au dos « *Paris Match-Marie-Claire* » – donnaient l'image d'un homme de trente ans aux traits juvéniles, détendu et même rieur au milieu de la fête, sous les voûtes d'un bistrot peuplé de créatures. Sur trois d'entre eux, une petite brune plutôt jolie le flanquait gentiment. Sur deux autres, on pouvait observer Guy Debord à la manœuvre, verre à la main, tassé comme il se doit, pour bien matérialiser le handicap. Il paraît que ça s'appelle « draguer à la tunisienne ». À la façon qu'il avait de se pencher sur ses proies successives, de les travailler au corps, de les envahir de son souffle, de leur triturer le bras, j'ai compris que j'avais affaire à un Méridional lâché dans un bal. Au dos des clichés, j'ai lu « Jenni » et « Caroline ». Un portrait annoté « Florence 1972 » représentait Guy Debord sur les toits de la capitale toscane, une cigarette au bec. Sur ses lèvres bien nettes, à l'adresse de la personne qui tenait l'appareil, on lisait un sourire plein de promesses univoques. Enfin, la dernière image : tel qu'il m'était apparu mais avec vingt années de moins, le sosie de Coluche.

Le matériel imprimé recelait des trésors d'humour et de liberté. Un placard tiré en noir sur une feuille couleur jaune d'œuf montrait simplement Marilyn Monroe, en buste, dans une pose glamour proche de celle popularisée par Andy Warhol. En bas, à droite de l'image, on avait maquillé à la main le label de la Twentieth Century Fox. Pour tout texte, on lisait : « VIe Congrès Internationale situationniste Anvers 12-15.11.62. » Un champignon atomique illustrait la seconde affichette. Il était entouré d'une phrase inscrite en noir et rouge, sur un papier couché blanc : « La France seule possède un bar comme l'Homme de main. 31, rue Jussieu. »

Sur un tract de juillet 1964, intitulé « *España en el corazón* », dont j'avais entre les mains deux versions, l'une française et l'autre espagnole, on apercevait, dans un paysage de mer et de gréements, le pont d'un yacht. Au premier plan, une femme nue reposait allongée sur le ventre, et de sa tête dressée sous un képi de marin blanc, entre ses dents, sortait un phylactère comme on en trouve dans les bandes dessinées. J'ai lu : « Je ne connais rien de meilleur que de jouir avec des mineurs asturiens. Ça, au moins, ce sont des hommes ! » Le texte imprimé en dessous commentait la facétie et sa diffusion en Espagne : « Dénonçant l'union sacrée de l'hypocrisie cléricale et de la dictature franquiste, une telle propagande rappelle aux responsables des insurrections prochaines qu'il ne peut y avoir de changement que total. On ne peut supprimer quelques détails de l'oppression, on peut seulement supprimer l'oppression tout entière… » En bas, une mention précisait :

« Édité par Internationale situationniste (région Ouest-Europe). » Je bichais. Ils avaient trouvé l'argument révolutionnaire ultime, ces situationnistes bandaient tout simplement plus fort. Puis je me suis souvenu de ce que Jean-Marc m'avait révélé du régime de contrainte sexuelle en vigueur chez les gauchistes après 1968 :

– On virait les filles qui refusaient de coucher, pour manquement au comportement révolutionnaire. On n'imagine pas, parfois, les vies brisées.

Alors, je me suis dit que les plus belles idées étaient bien faites pour les chiens.

Un tract en anglais de 1960 argumentait en faveur de l'élargissement d'un jeune écrivain anglais détenu aux États-Unis pour usage de stupéfiants. La défense se voulait lumineuse : le jeune poète ne se droguait pas, il étudiait seulement l'effet des drogues. Un appel en allemand dénonçait un procès politique intenté en RFA contre un membre du mouvement. J'ai relevé également trois états successifs du *Manifeste des 121* pour le droit à l'insoumission dans la guerre d'Algérie. La signature de Guy Debord figurait sur le plus récent. Un dernier document portait la mention : « Circulaire interne adoptée par la VIIe Conférence d'IS » et en titre : « Définition minimum des organisations révolutionnaires ». Je m'attendais à un bréviaire insurrectionnel, mais je suis tombé sur une série d'axiomes formulés en Hegel. La brochure, consacrée au surréalisme, sortait des presses de l'*Encyclopédie du monde actuel*, un outil de vulgarisation à usage domestique et scolaire. À bien les considérer, j'avais déjà en main les principaux éléments de la légende de Guy Debord : sexe, drogue, subversion mélancolique.

J'ai retrouvé la carte postale qui s'était glissée entre de plus grands documents, une carte de fabrication semi-artisanale sur un bristol épais. Au verso, j'ai lu : « Je vous donne bien volontiers l'autorisation de reproduire ce que je considère comme la plus belle de mes œuvres de jeunesse ; et, en tout cas, celle qui s'est toujours confirmée comme la plus sérieuse. Bien cordialement, Debord. » J'ai trouvé curieux de taper une carte postale à la machine, mais un examen de la signature autographe m'a fourni une explication :

le trait, repassé, trahissait le tremblement de la main. Le recto était illustré de la photographie noir et blanc d'une large inscription, sur le mur d'un édifice : « Ne travaillez jamais. »

5

À Paris, comme en province, on ne voit jamais les libraires de livres anciens dans leurs échoppes. Le proverbe dit vrai, mais on peut les trouver, à l'heure du déjeuner, assis par tablées aux meilleurs restaurants de la ville. Car les libraires aiment manger entre eux et boire et parler en faisant leurs affaires : c'est la manière de traiter les émotions qu'elles procurent, d'équilibrer le mouvement de balancier qui chaque jour, presque chaque jour, les conduit follement de l'exaltation du chopin à la dépréciation des stocks. Une nourriture riche, sans fruit ni légume, composée pour l'essentiel de plats en sauce, avec une préférence pour les salaisons et les viandes persillées, un vin généreux, la pratique rituelle des longs digestifs : un libraire ne se sent jamais si proche de la grâce qu'en état de pesanteur maximale.

J'ai donc entrepris la tournée des popotes. C'est à cette époque, du reste, que remontent les débuts de ma prise de poids. Pendant deux mois, je me souviens, incapable de faire quoi que ce soit de mes après-midi, je filais chez un bouquiniste du 11e jouer aux échecs. Mes mains suaient sur le pion et, malgré le blitz et les palpitations du cœur, je bâillais sans cesse à me décrocher la mâchoire. Sur les coups de dix-huit heures je rentrais chez moi me doucher et, sans rien avaler, je finissais mon jour.

Quant à mon enquête... Les libraires savent toujours tout sur tout, n'est-ce pas, ils en deviennent agaçants, qu'appellent-ils au juste « savoir » ? Un mélange de ce qu'ils connaissent effectivement, de ce qu'ils croient savoir, et du reste qu'ils ignorent.

Aucun d'entre eux n'avait fréquenté Guy Debord, ni ouvert un de ses livres ou une des brochures du mouvement, mais tous, avec des airs entendus, m'abreuvaient d'anecdotes et de traits idolâtres. En écoutant les fables, je songeais à la figure de Pacheco, ce fils prodigue qui mesurait ses paroles et les cachait sous les pierres comme un trésor sans prix, car il ne doutait pas, le jour où il parlerait, que chacun de ses mots deviendrait immortel. Pauvre Pacheco, affligé d'une grand-mère trop aimante, affolée par son génie, qui, de la maternelle au lycée, l'avait suivi partout sur le chemin de l'école, avec dans son grand sac à main un couteau de cuisine pour parer les attaques.

La récolte de livres et de documents s'est avérée autrement fructueuse. Encore quelques rentrées de ce type, et je pourrais envisager la rédaction d'un catalogue thématique à prix marqués. J'ai commencé de rédiger des notices.

Un soir, j'ai reçu un coup de téléphone inhabituel, d'un certain Pierre Tanche-Rotangle qui se prétendait un ami de Guy Debord. Quoiqu'il ait refusé de révéler où, il avait entendu dire que je m'intéressais à Internationale situationniste. Je l'ai retrouvé au Café de l'Industrie, un restaurant branché dans le quartier de la Bastille.

Pas très grand, les tempes argentées, légèrement bronzé, portant beau son âge, il m'a fait l'effet d'un moniteur de ski. Il a décliné ses titres de gloire. Fin 1967, il avait conçu l'une des deux affiches destinées à promouvoir la sortie du numéro 11 de la revue *Internationale situationniste*. L'année suivante, pendant les journées de Mai 68, quand Georges Pompidou avait rendu la Sorbonne aux étudiants, durant les quarante-huit heures où Internationale situationniste s'était accaparé les ronéos de l'université, il avait veillé à l'impression de milliers de tracts. Il vivait seul, retiré au Pays basque. Il n'avait pas revu les camarades depuis le 2 juin 1968.

Lorsque je le pressais de me dire quel homme Guy Debord était dans la bataille, Tanche-Rotangle ouvrait des bras penauds ou bien portait son index à ses lèvres. Quant au reste, en revanche, il s'est montré loquace. Après 1968, il avait consacré dix ans à la discrépance, un procédé qui vise à dissocier, dans un film, la bande-son de l'image. Rendu aux limites d'un tel art, il était passé au cinéma ciselant, ainsi nommé parce que le cinéaste gratte ses bobines et les entaille au couteau avant la projection. Aujourd'hui, il s'apprêtait à mettre sur pied une machine à fabriquer des scénarios. Il lui fallait trouver des fonds pour financer un ordinateur. Je lui ai dit que je trouvais l'idée brillante. Il s'est alors lancé dans des explications techniques super-fines d'où rien ne ressortait positivement, et comme je lui en faisais la remarque, il les a répétées mot pour mot.

Je le fixais avec intensité, dans ses yeux, je voyais défiler les limbes qui signalent au voyageur égaré les premiers cercles de l'Enfer. J'étais sur le point de lâcher l'affaire, quand une des beautés véloces qui faisaient la réputation de l'endroit est venue desservir. Elle portait sur la chemise un badge à son prénom : elle s'appelait Béatrice. Elle sentait bon. J'ai inspiré profondément et en revenant à Tanche-Rotangle, je me suis dit qu'après tout, c'était peut-être la poésie moderne qui l'avait mené là.

Les documents achetés, souvent en grand nombre d'exemplaires, avaient tous trait à Mai 68, à l'exception de deux ouvrages plus anciens.

Love on the Left Bank, le premier, portait la date 1956 et se présentait comme un album-photo consacré aux bas-fonds de Saint-Germain-des-Prés, vers le milieu du XXe siècle. D'image en image, les mêmes visages revenaient, hagards, grimés. Au fond d'un bar borgne, dans les caves, le métro, au grand air, devant la Santé, le photographe Ed Van der Elsken avait fixé la course d'une tribu de jeunes gens vers la fin des temps. À son front d'endormie, au poids de ses gestes, en buvant quelques verres, on voyait bien que cette jeunesse ne ferait jamais rien de mieux.

Le second possédait une couverture muette en toile émeri, de marque Viks Flintpapir, modèle numéro 2. En guise de frontispice, une page toute noire. En face, sous le nom de Guy-Ernest Debord, j'ai lu : *Mémoires. Structures portantes d'Asger Jorn.* « Édité par Internationale situationniste », était-il précisé. J'ai trouvé la date au colophon : « Imprimé au Danemark par Permild & Rosengreen. Copenhague, 1959. Distribution en Usa Wittenborn and Company Publishers and booksellers, 1018 Madison Ave., New York 21, NY. » Comme le révélait en page de titre un encadré noir, le livre se composait entièrement d'éléments préfabriqués : phrases ou passages de textes, dans des typographies très diverses témoignant des emprunts à des sources imprimées variées, photos, dont plusieurs venaient du livre de Van der Elsken, strips de bandes dessinées, morceaux de plans. Chaque pièce était artistement disposée sur la page que venaient rehausser en couleur des lignes, des empreintes et des taches éloquentes. Un ouvrage d'une facture soignée, imprimé en sérigraphie. En feuilletant, j'ai vu que le récit se divisait en trois périodes, de juin 1952 à septembre 1953. J'ai un peu parcouru le texte et je l'ai trouvé décousu. De loin en loin, je relevais un fragment un peu plus long : « Elle leva les mains sur la poitrine. "Qu'est-ce que tu vas me faire ? dit-elle d'une voix rauque. Tu vas encore me battre ? C'est tout ce que tu sais faire. Tu ne peux pas prendre une femme comme n'importe quel homme. Il faut que tu fasses d'autres choses." »

En compulsant la documentation réunie au cours de mes pérégrinations, j'ai découvert une bibliographie de Guy Debord. *Mémoires* arrivait en tête. Je suis allé à la dernière page et je n'ai pu me retenir de sourire : « Je voulais parler la belle langue de mon siècle. » Ça doit être ça, au fond, faire l'artiste : commencer sa vie par des mémoires.

* * *

Ce soir, je me suis octroyé trois pétards. J'ai ouvert le seul livre qui m'ait accompagné dans mon ermitage, ramassé dans une brocante, par réflexe sans doute, à cause du titre : *Le Bateleur*. Je ne sais pas vraiment comment il m'a suivi, mais j'ai été content de le trouver, tant le haschich aiguise en moi, par moments, les appétits de beauté. Il s'agit d'un dialogue, par textes interposés, entre un homme qui se prend pour l'archange Gabriel et son médecin traitant. À la page 9, j'ai ouvert des yeux tout grands : « Je suis l'ange Gabriel. Que je sois l'ange Gabriel ou non, cela n'importe pas vraiment. Ce qui compte, avant tout, c'est *la traversée.* »

6

J'ai évoqué mes après-midi d'échecs, comment ne pas y associer celui que je voyais alors partout à mes côtés ? Felipe Clarias animait une petite librairie rue Jean-Pierre-Timbaud, à l'enseigne du Passager Clandestin – en réalité un assommoir sauvage dans lequel se réunissaient les poètes et les illuminés du quartier. À ses frais, car Felipe, en toutes occasions, aimait se montrer large. Ainsi, bien souvent durant mes stations prolongées, j'ai eu le loisir de le voir procéder avec ses fournisseurs, et acheter, devant moi, des lots qu'il se proposait, une demi-heure plus tard, de me céder au rabais. Plus anxieux qu'un autre sans doute de la nature déficitaire d'un tel commerce, il avait la sagesse de ne toucher jamais aux livres de vrai prix.

Felipe monnayait d'autres talents : il raffolait des mondanités. Il brillait dans les vernissages, les lectures publiques, les enterrements, et toutes les circonstances plénières où l'individu se rend un temps sensible aux vertiges de la théorie. Il me tenait lieu de poisson-pilote. Il s'insinuait sans peine dans les *after* et je le chargeais de distribuer mes cartes de visite. Il me rabattait des contacts, des adresses, des informations utiles. Je m'occupais de mener les négociations et de réunir les fonds ; à égalité, nous partagions les bénéfices.

C'est avec Felipe que j'ai commencé de boire, vraiment. Une après-midi, je m'en souviens, nous étions dans un bistrot de la rue Gay-Lussac, à l'angle des Ursulines. J'étais à jeun, nous avons commandé une pression, puis une autre, à la troisième, dans le ventre, la poitrine, derrière la nuque et les oreilles, d'un coup quelque chose est venu, s'est attardé. Pour la première fois de ma vie j'ai atteint un état de calme sensationnel, une respiration qui m'a fait dire :

– Dans ce soupir, je suis chez moi.

Tant de fois par la suite j'ai refait le chemin des bistrots que j'ai dû me tromper en route.

Felipe détestait Guy Debord, avec emphase. Il le jugeait arrogant, donneur de leçons, un authentique *fumier*. Chaque fois que je lui parlais de mes découvertes, il balayait le tout d'un geste large. Un jour que je m'enthousiasmais pour une phrase relevée je ne sais plus où, Felipe s'est énervé :

– Popo ! On se calme, voulez-vous ! Quand Debord écrit : « Il nous suffit aujourd'hui d'être naturels pour étonner universellement », vous, bonne pomme, vous entendez naturel, caractère, tenue, maintien. Mais sous la plume de l'enflure, ça signifie : « Buvons ! Bouffons à mort ! Rotons sonore ! Tripotons nos greluches sous les yeux du public, et vous verrez la gueule au bourgeois. » Vous croyez que je me trompe ? C'est une question de méthode : on ne peut pas faire confiance à un homme qui prend un intérêt si personnel à l'énoncé de la vérité. Je vais vous en donner une illustration. J'ai acheté ce matin, à un gugusse de passage, la copie d'une lettre de

Debord, une lettre de 1973, je vous la lis, il s'adresse à un jeune camarade : « Si je ne t'ai pas écrit jusqu'à présent, c'est que je ne croyais nullement que la fin malheureuse d'un certain type de relations avec Laure doive entraîner avec toi une rupture complète et une défiance sur tous les plans. Mais en m'adressant une lettre, tu as donné à la question une dimension publique qui m'oblige à répondre.

« Je ne pratique pas la calomnie et je n'ai jamais maintenu contre personne une affirmation simplement probable mais non prouvée. Tu crois que je reproche à votre couple des mensonges précis, alors que je n'ai critiqué qu'un phénomène de fausse conscience.

« Comme tu sais, nous n'avons jamais essayé d'influencer ou de capter Laure, fût-ce pour une demi-heure. Seule la liberté peut être la base de rapports passionnés entre les individus, que ces rapports durent trois nuits ou dix ans.

« Après que Laure nous a dit pendant deux semaines qu'elle nous aimait, Alice et moi – et, j'oserais dire, après qu'elle s'est dans divers moments comportée en conséquence –, elle en est venue à nous déclarer cette abstraction hybride “qu’elle voulait nous aimer, qu’elle allait nous aimer, mais qu’il y avait en elle une peur d’aimer”. Le mépris du temps, le temps qui est la base de toute pensée dialectique, est ici évident. Après avoir dit quinze jours : “Je vous aime”, personne n’est certes contraint de continuer ! Mais alors on ne peut, véridiquement, dire que deux choses : “Je ne vous aime plus”, ou bien : “Je me trompais – ou je vous trompais : je ne vous aimais pas.” La vie n’est pas le jeu de l’oie où on reviendrait à la case zéro, pour recommencer vers l’avant, en jouant autrement, en reprenant les coups qui n’ont pas collé. Quand on vient de boire deux bouteilles, il faudrait être un délirant pour se proposer sérieusement de goûter le troisième verre !

« Devant l’évidence qu’il y avait quelques obstacles que l’on nous cachait, et que l’on nous cachait avec une telle maladresse qu’elle en devenait objectivement insultante, j’ai simplement affirmé qu’il y avait un défaut général entre l’idéologie de votre couple de révolutionnaires et la façon concrète dont vous viviez le rapport avec d'autres.

« Quelqu'un peut mettre dix mois de réflexion pour juger son amante. C'est un mince problème où il ne donne, en vitesse et en profondeur, que sa seule mesure. Mais il existe des journées de conflits historiques où il faut savoir juger de facteurs mille fois plus complexes en une heure. Il n'y a pas de progrès cumulatif garanti dans la conscience, les connaissances, les œuvres d'un révolutionnaire. Il y a des embranchements de la vie où il faut tout de suite choisir telle voie, des sauts qualitatifs, des occasions manquées, des retombées.

« Je te connais trop peu pour prévoir si tu voudras prendre cette lettre en bonne part ou, au contraire, l'injure à la bouche. C'est ton affaire, et nous savons tous qu'en jugeant on est contraint de se juger soi-même. Si j'avais pu prévoir quelque perturbation à propos de Laure, crois bien que cette histoire n'aurait pas eu lieu ; et non seulement pour ne pas t'ennuyer, mais surtout parce que, dans cette éventualité, Laure m'aurait elle-même beaucoup moins intéressé. Salut, Guy. »

De telles copies ont circulé à l'époque dans les milieux situs et pro-situs. Vous me parlez de sa pensée, c'est l'homme que je réfute, a cinglé Felipe.

J'ai commencé à piocher dans les œuvres de Guy Debord de quoi soutenir la contradiction. J'étais impressionné par la facilité avec laquelle Felipe assimilait les concepts d'un auteur dont il se refusait toujours à lire la première ligne.

– Vous voyez, je n'ai pas besoin de me farcir ses pensums, votre Debord n'a rien inventé. Tout ce que vous y trouvez de neuf, comme dans les auberges de l'autre côté des Pyrénées, c'est vous qui l'y apportez.

Alors j'ai lu plus avant. Dans l'ouvrage où Guy Debord déroule son propre panégyrique, j'ai souligné ce passage : « C'était un pays d'orages. Ils s'approchaient d'abord sans bruit, annoncés par le bref passage d'un vent qui rampait dans l'herbe, ou par une série d'illuminations soudaines de l'horizon ; puis déchaînaient le tonnerre et la foudre qui alors nous canonnaient longtemps, et de toutes parts, comme dans une forteresse assiégée. Une seule fois, la nuit, j'ai vu tomber la foudre près de moi, dehors : on ne peut même pas voir où elle a frappé ; tout le paysage est également illuminé pour un instant surprenant. »

Rien dans l'art ne m'a paru donner cette impression de l'éclat sans retour comme la prose que Guy Debord a employée dans les pages qu'il consacre à la manie de l'alcool. En suivant avec lui le chemin des orphelins, j'ai découvert le relief, l'intensité de couleurs, le vrai goût des choses ; à la lumière des éclairs, les hautes heures de l'esprit.

7

Aujourd'hui, je me suis promené dans le rayon bricolage du supermarché et j'ai trouvé une truelle triangulaire de quatorze centimètres de long, avec un manche en bois non verni, un modèle portugais. Ce n'est pas que j'aime la maçonnerie, mais la forme en flèche de l'instrument m'a donné une idée. Une idée, on dira ce qu'on voudra, c'est tout de même moins salissant. J'ai demandé au vendeur où je pouvais trouver des fournitures pour un encadrement, et quelqu'un qui accepterait de scier du bois. Sur un Post-it, il a noté l'adresse d'un artisan, en ajoutant :

– Il habite La Pannonie, sur la petite route qui rejoint la D32, en direction de Rocamadour, vous ne pouvez pas vous tromper, c'est juste à côté du château.

J'avais déjà suffisamment parlé pour la journée, j'ai repris la départementale 840 et, sans lambiner sous le soleil de plomb, je suis rentré m'allonger.

* * *

En janvier 1996, j'ai publié un catalogue, le premier d'une série consacrée à Internationale situationniste. J'ai choisi quatre-vingts livres et documents en lien avec le mouvement. Sur mon Macintosh, pour chacun, j'ai rédigé une fiche : nom de l'auteur, prénom, titre de l'œuvre, lieu d'édition, éditeur, année de publication. Puis les éléments concernant le format, l'impression, le brochage, ou la reliure le cas échéant, et enfin les mentions de tirage et les commentaires du libraire et son appréciation de l'exemplaire. Le prix. Un genre littéraire à part entière.

Il me restait de la place, alors, pour finir, j'ai décrit dix tirages de Raoul Hausmann. J'ai fait des reproductions de toutes les photographies et de ceux des documents qui me paraissaient les plus frappants. À l'aide d'un photocopieur, j'ai procédé à la réduction des images puis, avec un tirage papier de ma saisie, muni d'une paire de ciseaux, disposant çà et là les vignettes et les blocs de texte, j'ai réalisé la maquette d'un vingt-quatre pages. Je suis passé rue Saint-Jacques, chez Mistral Copy, et j'ai demandé qu'on me livre six cents brochures au format A5, sur du quatre-vingts grammes, avec deux piqûres d'agrafes en métal. À la maison j'ai effectué la mise sous enveloppe, j'ai collé les étiquettes, puis j'ai appelé la poste.

Une vraie loterie. Pendant des mois le libraire achète, il retient la sauce, il lèche ses notices, et quand le catalogue arrive dans les boîtes aux lettres, en deux, trois jours au téléphone, bonne ou funeste, la messe est dite. J'espérais une quarantaine de coups de fil, je n'en ai reçu que trois. Un marchand pour commencer : il a retenu un grand photomontage de mon Dada. Ensuite, un client régulier m'a prié de lui montrer les nus et de choisir, pour lui, les vingt pièces les plus significatives de cette fameuse Internationale. Enfin un homme dont je connaissais seulement le nom m'a proposé de passer chez lui, place Blanche.

Paul Sébaste avait l'œil rond, rusé, l'abord extrêmement avenant. Il m'a instantanément tutoyé et encouragé à le traiter de même. En désignant sur le bureau le fatras de catalogues de ventes, de téléphones-fax et de fils emmêlés, il m'a expliqué qu'il collectionnait depuis bientôt trente-neuf ans, mais que par la vertu de la retraite, il était en quelque sorte passé au rang de professionnel. Dans le vestibule, on voyait monter, du sol au plafond, des colonnes de boîtes à archives. Il s'intéressait à toute la production des avant-gardes au cours du XXe siècle. Il visait l'exhaustivité des imprimés et, en bataillant sur les prix une remise de vingt pour cent, il promettait d'acheter tout ce qui lui paraissait ressortir à son sujet. Au fil des années, il avait rassemblé un millier de revues, le plus souvent des séries complètes, environ dix mille documents éphémères qui témoignaient de la vie artistique et littéraire la plus virulente. Sans oublier la plupart des grands livres, dans les plus beaux exemplaires et les manuscrits. D'un geste, il m'a désigné un jeune homme qui tapait à la machine au fond du couloir.

– Il établit le catalogue de mes collections, il a parfois du mal à suivre le rythme de mes acquisitions. Je l'entends qui râle, c'est du boulot, je le conçois, mais il a tort, car je me restreins : je m'interdis la peinture et, depuis peu, la photo, devenue trop chère. Tout ce que tu peux voir aux murs, en définitive, ce sont des accidents.

Des accidents ? J'avais déjà remarqué chez de nombreux collectionneurs, tous très singuliers au demeurant, cette propension à parler des tableaux et des livres comme s'il s'agissait d'enfants.

– Dans ta liste, je le regrette, il n'y a rien que je n'aie déjà. J'ai connu Guy Debord à l'époque où il cherchait des tracts surréalistes, nous avons fait des échanges, souvent. Je lui apportais du pauillac, ou du pomerol, un magnum de bordeaux, à chaque fois. Enfin si tu trouves du lourd, du précieux, tu sais maintenant à qui t'adresser.

Avant de me raccompagner à la porte, il a

tenu à me montrer deux toiles accrochées dans son bureau. Sur un fond grossièrement enduit de blanc cassé, et même sale par endroits, en lettres noires capitales, sur l'une j'ai lu : *Dépassement de l'art* et sur l'autre : *Réalisation de la philosophie.*

– Ce sont des œuvres de Guy Debord. Elles datent de 1963. La série en compte quatre, il appelait ça *Les Directives.* Daniel Buren en a une. La dernière est perdue, soi-disant détruite lors d'un incendie au Danemark. Trouve-la, et si tu ne la trouves pas, sois sûr qu'en cherchant, tu trouveras autre chose qui m'intéressera certainement.

Mon second rendez-vous avait lieu dans un duplex de l'avenue de Suffren, un vaste appartement aux murs couverts de dessins précieux et de toiles d'un peintre tchèque. Jacques Malthe travaillait pour une grande enseigne de luxe. Il occupait l'emploi de nez et dirigeait le secteur des parfums. Il créait de nouveaux accords avec succès, on le réclamait dans tous les défilés, mais les réjouissances d'un tel milieu l'ennuyaient comme son propre enterrement. Il leur préférait le silence des objets.

À l'image de son sens olfactif surdéveloppé, Jacques Malthe pouvait percevoir au milieu de cent œuvres celle dont l'aura révélait une pure essence et, dans la production d'un artiste, un secret bien gardé. Il se méfiait des engouements généraux et de la ferveur abstraite des marchands. Il avait l'œil et puis le nez, il regardait passer les modes en affectant des airs idiots.

– Les nus me plaisent beaucoup, je les vois très bien dans les toilettes à l'étage, mais je dois en savoir plus sur cette Vera Broido, tu seras gentil de me rédiger une fiche.

Il a commencé à étudier les documents et s'est arrêté sur un tract intitulé : « Mutant ». À haute voix, il a poursuivi sa lecture :

– « Je refuse d'avoir quoi que ce soit à faire avec la nouvelle noblesse des cavernes ; de jamais boire un verre en compagnie d'un possesseur ou d'un constructeur d'abris atomiques. Parce que cette aristocratie des souterrains, même si elle parvenait à survivre au désastre total, serait d'une qualité de rats d'égouts ; et ne pourrait en aucun cas être considérée comme la continuation de la race humaine. » Il est pas mal ton Debord, il a les accents des héros de Sax Rohmer, je lisais ça quand j'étais adolescent. Je n'y connais rien, mais je suis content de ce que tu m'apportes, et je tiens à ce que tu me réserves la suite. Quand je paye, vois-tu, c'est pour approfondir.

En rentrant, j'ai fait mes comptes. Sur le fil, avec deux seuls acheteurs, le bilan se révélait excellent. Je ne croyais pas si bien dire. Un mois jour pour jour après que la poste eut enlevé l'envoi du catalogue à mon domicile, à la même adresse je recevais le courrier suivant : « Alice Debord, Jean-Louis Fierasfer et Serge Demi-Bec se proposent de vous rencontrer, vendredi 14 février à 18 h 30. » Une adresse, un numéro de téléphone. Un code d'accès.

8

Connaissez-vous le meilleur ami du libraire ? Il s'agit d'une femme. De cette femme qui vient m'ouvrir à chaque fois : c'est la veuve. En découvrant mon visage, elle a marqué un mouvement de recul très perceptible. J'ai vu deux mains tournoyer au-dessus de ses épaules, un peu comme on manipule des marionnettes, ses yeux rouler, et, d'un geste ample, d'un coup, elle m'a claqué la porte au nez.

On a du mal à imaginer aujourd'hui comme les mœurs de ces gens alors apparaissaient sublimes. On disait la tribu de Guy Debord unie par l'intransigeance absolue dans le mépris des valeurs communes. Chacun de ses faits, opportunément relayé, venait jeter sur la légende les nouveaux éclats d'une grandeur barbare. La rumeur lui prêtait même le secret d'un autre savoir-vivre. En quinze mois d'enquête, j'avais très souvent entendu parler des oukases, des lettres d'insultes, des exclusions, des dénonciations publiques, des procès, des tabous : tous procédés courants. On racontait par exemple que Guy Debord ne touchait jamais à l'argent, sous aucune de ses formes, il en chargeait Alice. On racontait pire.

Je suis resté là, à poireauter sur le paillasson, un bon quart d'heure, le temps qu'ils se décident. Elle a fini par me rouvrir, par faire les présentations. La première chose que j'ai vue en pénétrant dans le petit salon, c'est le renard couché sur le canapé, juste au-dessous des rayonnages, et pas très loin du renard, le chat. De la chaise où elle m'avait invité à m'asseoir, ils me tournaient tous les deux l'échine, le corps lové, souple, le pelage plaisamment lustré, j'ai cru qu'ils dormaient.

Ils étaient trois face à moi, autour d'une table étroite, on aurait dit un tribunal de campagne. Ils m'ont soumis à un interrogatoire serré, Serge

Demi-Bec prenait des notes. Ils voulaient savoir d'où je tenais les documents qui figuraient au catalogue, si j'en possédais d'autres, et puis ce que je connaissais de Guy Debord et qui me l'avait appris. Chaque fois que je prononçais un nom, ils se regardaient entre eux avec des airs entendus, des hochements de menton. Ensuite, Jean-Louis Fierasfer a commencé à me cuisiner sur les concepts, j'ai compris qu'il voulait faire le beau, alors j'ai avoué que je causais un bien triste Hegel. Il a semblé se détendre un peu, pas longtemps. Tous avaient l'air exagérément nerveux, sans doute à cause de ces deux bêtes, assoupies là, dans leur dos. Pour finir, ils m'ont posé quelques questions plus incertaines. J'ai parlé de mon père stalinien, mort, ils ont paru soulagés. Puis ils m'ont congédié sans plus de mots. En passant mon manteau, j'ai pu voir que le renard gardait les yeux ouverts.

Quarante-huit heures plus tard, mon téléphone a sonné. Après délibérations, le triumvirat acceptait de traiter avec moi. Sur les indications d'Alice j'ai apporté deux bouteilles de rye, elle a procédé au service.

Elle s'est mise à parler des archives de son mari, des manuscrits, des œuvres de sa collection, des stocks de documents, et des estimations mirobolantes que j'avais attribuées à certains dans mon catalogue. Elle avait besoin d'argent. Elle disposait d'un large matériel, elle n'avait pas la moindre idée des usages, mais nous pouvions formaliser les conditions générales d'un dépôt et étudier ensuite les prix, pièce après pièce. J'ai proposé de prendre un tiers sur chaque vente, d'en régler quelques-unes par avance, ils ont accepté.

Je devais les retrouver dans la soirée, pour fêter notre accord. Je suis passé prendre Felipe, qui ne s'est guère fait prier. À peine arrivé, du reste, alerté par l'instinct, il s'est jeté sur Jean-Louis Fierasfer et Serge Demi-Bec comme sur de vieilles connaissances, avec l'intention manifeste de leur faire passer le goût du poisson. De son côté, Alice m'a présenté sa vieille amie Jaja, l'ex-femme d'un auteur de série noire, puis un bouquiniste des quais de Seine que j'avais déjà croisé lors de déballages, les matins de brocante ; en vérité, Alice ne m'a plus lâché de la soirée.

Tout ce petit monde semblait à fière température. Peu après minuit, et je le soupçonne d'avoir ainsi voulu canoniser le knock-out qu'il venait d'infliger à ses deux adversaires, Felipe a improvisé un de ses numéros qui le voyaient toucher la grâce : l'imitation parfaite, en version originale, d'un discours fleuve de Benito Mussolini. Avec l'ampleur de coffre et les gestes. L'assemblée riait jusqu'aux larmes. Vers une heure, Alice a entrepris de m'asticoter :

– L'autre jour sur le seuil, je dois te dire, tu ressemblais à Guy à l'âge où on s'est rencontrés, c'est dingue, j'ai eu un vrai choc.

Je ne sais pas trop comment, à un moment, je me suis retrouvé à danser avec elle, mais sur les photos que Felipe a prises de ces instants, on entend bel et bien les accents d'une musique langoureuse. Plus tard dans la soirée, elle m'a offert un de ses livres.

– Un récit mythologique qui se déroule en Espagne, inspiré de qui tu sais.

Plus tard encore, comme nous avions séché tout l'ordinaire, en toute rigueur, nous nous sommes attaqués au raide. J'ai bu un verre à moutarde d'aquavit, cul sec, il faut croire que j'avais soif, puis un autre, je me suis dressé d'un coup, comme un piquet, et tout mon corps a versé en arrière sur le canapé du renard.

Le lendemain matin j'ai montré à Felipe la gentille dédicace qu'Alice m'avait faite : « *Para ti, con amor*, Alice. »

– *Con amor* ? Conne à mort, oui ! Vous avez vu de quelles sommités votre Debord vivait entouré ? Ça, auprès d'eux, il risquait moins d'ombre que sous une rangée de cyprès ! Mais après, dites-moi, il faut vivre avec des plombs pareils, jour après jour, se les coltiner, qu'est-ce qu'il pouvait bien leur trouver ? Ça ne vous alerte pas ? Ils ne savent même pas boire ! Ni recevoir, quand j'y pense, vous avez goûté leur vin bio ? Alice vous a plu, elle vous aime bien, mais elle ne s'animera véritablement qu'au bruit des fafiots.

Au cours de la soirée, à deux reprises l'alcool

aidant, j'avais tenté d'obtenir d'Alice des renseignements, non sur le suicide directement, je ne voulais pas l'effaroucher, mais à défaut sur le lieu de la dispersion des cendres. Elle m'avait d'abord opposé un silence buté et puis, en désignant le chat, elle avait fini par lâcher :

– Pointe du Vert-Galant. Pour le reste, tu demanderas à Nestor, quand il sera réveillé.

Quelques jours plus tard, j'ai fait la visite de la pointe ouest de l'île de la Cité, en inspectant le lieu scrupuleusement, mais contre la jetée de pierre, je n'ai trouvé qu'une eau changée, la lumière et le vent.

* * *

Un soleil,
large comme un pied d'homme
sur le coin de la gueule.

Cet après-midi, en sortant du supermarché de Gramat, j'ai pris la petite route qui mène à Rocamadour. À mi-chemin j'ai fait halte au château de La Pannonie, chez l'artisan qu'on m'avait indiqué. Sur sa scie circulaire, je lui ai fait découper une planche de contreplaqué de vingt et un millimètres d'épaisseur au format cinquante centimètres sur quarante. Ensuite, j'ai choisi entre les différents types de baguettes un cadre à moulures dorées de huit centimètres de large. En moins d'une demi-heure, les biseaux étaient taillés et, en quelques clous, les baguettes assujetties autour de la planche. J'ai poussé jusqu'à Rocamadour. Sur la route qui descend, au détour d'un lacet, à quelques centaines de mètres en face, au beau milieu de la montagne, d'un coup, comme dans les rêves de pierre, la cité se dévoile.

En rentrant, j'ai protégé le sol de la cuisine avec du papier journal, et à l'aide d'une bombe de peinture mate noire, j'ai enduit le plateau et son cadre. Le temps du séchage, je me suis appliqué aux patrons. Je me serais cru en atelier d'ergothérapie tant ma main tremble encore. Le pire a été d'ajourer au cutter toutes ces lettres en italique.

Au milieu du cadre, j'ai collé au néoprène le bouchon d'un tube de dentifrice Elgydium, et sur le bouchon, lame à plat, pointe vers le bas, j'ai fixé la truelle triangulaire. À l'aide des patrons, d'une brosse à pochoir et d'un peu de gouache blanche, de part et d'autre de la truelle, en lettres de maîtresse d'école, j'ai complété le tableau :

Construisez vous-mêmes
une petite situation sans avenir.

9

Pendant trois ans de lune de miel, Alice, la tribu et moi avons bu à la même fontaine. Mon chiffre d'affaires a fait un bond. J'ai écoulé des centaines de tracts, de livres et de planches. Les catalogues m'attiraient d'improbables clients. Petit à petit, je suscitais un marché. Je recevais des listes de recherches, je les transmettais à Alice, nous fournissions aussi simplement à la demande.

Je me souviens de cet homme qui habitait la pampa uruguayenne. Je ne l'ai jamais rencontré. À Paris, il faisait régler ses commandes en monceaux de billets de vingt francs usagés par sa sœur, une coiffeuse soi-disant. Avec sa voix chaude, je me figurais l'homme comme un agent secret caché dans le brouillard téléphonique, tout au fond d'une forêt primordiale. Je ne pouvais l'appeler qu'à certaines heures du jour ou de la nuit. Il prétendait que son installation fonctionnait sur un minuscule groupe électrogène, qu'il avait peu de moyens. Entre deux ruptures de tonalité, il énumérait ses desiderata avec, dans la bouche, un peu de salive sonore et ce ton plein d'appétit qu'on réserve aux traiteurs les plus délicats. Un jour, j'ai appris sa triste fin.

– Je croyais que tes clients avaient passé l'âge de pratiquer les sports extrêmes. A-t-on idée de se bousiller à moto ?

Pour le téléphone, Alice aussi avait sa procédure bien à elle. Elle ne répondait jamais. Je laissais un message, elle rappelait. Vite, en général, car elle prenait les affaires à cœur. Le moindre délai lui portait sur les nerfs. Son visage, d'ordinaire si lisse, dans un vent de contrariété soudain s'affligeait de tics : je sortais mon chéquier.

Parfois, elle me conviait à ses fêtes, seul. En l'espace de quelques soirées, Felipe avait déplu au point qu'on tût son nom. Je revenais à mon obsession, avec plus de discrétion. Un soir, je ne sais plus par quelle ruse, j'ai obtenu d'un convive le plan du rez-de-chaussée de Champot, avec le dessin de la table, et la position de la chaise : la scène du suicide. Alice ne disait rien du sujet. Elle me parlait de ses derniers voyages.

J'ai mené à bien quelques opérations d'envergure, et notamment la vente de manuscrits, une denrée assez rare dans ces archives, à cause des tremblements de l'écrivain. Pour venir à bout de *La Société du spectacle*, le livre qui devait asseoir sa réputation, Guy Debord avait cessé de boire pendant un peu plus d'un an. Un manuscrit de trois cahiers épais, que je peinais à vendre, témoignait de l'exploit. À deux millions cinq cent mille francs du bout, Malthe et Sébaste, mes deux plus gros poissons, me filaient entre les doigts. J'ai proposé de présenter l'objet sur un stand à la Foire internationale du livre ancien, à Paris. Alice a fait valoir qu'une telle publicité lui coûtait. À quatre millions cinq, la presse bourgeoise s'est gaussée et les bibliothécaires, les clients, les confrères, à peu près tous m'ont traité de fou.

En vérité le marché était en train de saturer,

quand un jour, un courtier croisé dans les allées de la Foire m'a fait savoir qu'il cherchait à acquérir les collages originaux qui formaient la maquette des *Mémoires* de Guy Debord. Son client offrait un million de francs, sur lesquels lui-même se sucrait de vingt pour cent. J'ai transmis l'offre, qui a été acceptée sans délai. Quelque temps plus tard, l'argent réparti, j'étais convoqué par le tribunal. Le triumvirat par la voix de Jean-Louis Fierasfer déliait nos accords. Motif : la part du courtier aurait dû être soustraite de la mienne. J'ai fait remarquer qu'il n'en avait jamais été question, qu'ils avaient du reste donné leur aval à chaque détail de l'opération. Évidemment, sont-ils convenus, mais ils ne voulaient plus entendre parler de moi. D'un coup, le cercle venait de se refermer.

Au moment de partir, avant que je n'enfile mon manteau, Alice s'est jetée dans mes bras et s'est mise à pleurer de pauvres mots et de vraies larmes sur le jersey de mon paletot. Doucement, je l'ai repoussée. Le chat pionçait tranquille sur sa chaise. En quittant le salon, furtivement, j'ai jeté un regard d'adieu au renard. À ce moment-là, j'en jurerais presque, dans un éclair sur le canapé, un œil de verre est tombé.

* * *

Je n'ai jamais su comment les gens font pour aller au boulot le matin, pour se lever, pour supporter sans s'effondrer ce qu'on attend d'eux dans le temps d'une seule journée. Pour s'accommoder, sans broncher, du boulet de la raison quotidienne. Pour endosser ainsi tous les rôles, avec énergie et discernement, sans se perdre tout à fait entre le producteur et le consommateur, le conjoint et l'amant, le croyant et l'ami, le contribuable et le concitoyen, le parent, l'astronome… Et toutes les merdes qui pleuvent du ciel sur leurs yeux rivés, comment font-ils pour rester ainsi, jour après jour, vissés au taquet ?

Pourtant j'ai essayé. Au début de l'année 2000, peu après mon exclusion de la tribu Debord, j'ai commencé à éprouver des embarras de circulation à mon domicile. Dans toutes les pièces, dans tous les couloirs qui les distribuaient, sur les meubles, dans les sanitaires, les livres avaient gagné la bataille de l'espace. Alors, quand l'occasion s'est présentée de racheter un pas-de-porte rue du Montparnasse, un local d'un seul tenant de quatre-vingts mètres carrés, à un prix abordable, je n'ai pas réfléchi, j'ai sorti du placard mon vieux réveil métaphysique, avec son puissant tic-tac, et j'ai armé le ressort.

J'ai fait repeindre en vert les volets et le cadre en bois de la vitrine, passer les murs au blanc, installer l'éclairage, monter les rayonnages, que j'ai garnis. Au mur, j'ai exposé quelques tirages de Raoul Hausmann sans trop charger la décoration. J'ai déniché un joli bureau avec deux tiroirs profonds, et un matin, plein d'entrain et de projets, de franches résolutions, je me suis assis là, prêt à me donner en spectacle.

Planté derrière cette vitrine aux vastes proportions, très vite j'ai ressenti une sensation de malaise, un trouble pénible de la vue, comme lorsqu'on se sent traîtreusement espionné. Nulle réserve, nulle cave où me cacher, je me serais cru dans un aquarium. Je suis sorti acheter une douzaine de Carlsberg en vérifiant que je n'étais pas suivi, et de retour, je les ai rangées à la verticale dans les tiroirs du bureau. L'ordinateur portable ouvert en paravent, j'ai entrepris de siroter en douce. Lentement, les ombres ont fini par se dissiper. Le deuxième jour, je n'ai pas relevé les volets. J'ai pourtant été dérangé par des curieux et des confrères, toutes sortes de gens dont la voix me faisait sursauter de l'autre côté du panneau de bois. Alors, pour le troisième jour et pour tous les jours suivants, je me suis défendu de traîner dans mon bouclard aux horaires que j'affichais sur le devant.

Voilà où mes bonnes dispositions m'ont mené : à Montparnasse, un beau jour, j'ai découvert qu'on m'appelait le Spectre.

10

On pouvait bien se moquer de moi dans le quartier Montparnasse-Delambre-Edgar-Quinet, mon Vaisseau fantôme fonctionnait comme un piège à merveille. J'ai toujours pensé que l'efficacité réelle de l'échange marchand repose sur le confort du professionnel, à savoir, dans mon cas précis, m'absenter très souvent, me faire aussi rare que ma marchandise, en sorte qu'on me coure après, et qu'on s'entête si possible, et non comme, à l'inverse, il est l'usage servile.

J'observais durant des heures les gens mouiller dans mes eaux. Des voisins surtout, intrigués par mon enseigne, des vendeurs de passage avec des sacs sous le bras, des libraires, qui espéraient gratter un lot. Des têtes nouvelles, dont je surveillais de près les allées, dissimulé sous un porche, à quelques encablures. Parfois, je prenais un client, je le faisais entrer pour un court moment, je lui vendais un livre.

Puis un homme est venu, avec sur la tête un stetson. Il a stationné tout un week-end devant la boutique sans presque bouger, avant que je finisse par le délivrer. J'ai remonté discrètement la rue, sans un bruit, je me suis glissé derrière lui et, de ma voix la plus caverneuse, sur le ton d'un astrologue de station périphérique, j'ai modulé :

– Est-ce le Spectre que vous cherchez ?

J'ai bien cru que l'émotion l'avait tué, la plaisanterie m'a coûté le contenu des deux flasques que je réserve aux coups durs. Ensuite, j'ai préféré ne pas poser de questions, nous avons pris le train jusqu'à Bruxelles. La mission de l'homme au stetson s'achevait en gare du Midi. Il m'a remis un billet pour Ath où j'étais attendu au train de dix-huit heures six. Il m'a montré la photo d'un homme aux cheveux blancs.

Sur le quai de la gare d'Ath, j'ai découvert un drôle de papy. Nous avons fait le voyage à travers un pays de collines dans sa petite Citroën.

Au volant, il ne se sentait pas à l'aise, il a engagé la conversation :

– Il faut excuser le clandos, tout ce folklore miteux, mais vois-tu, je me protège, je suis sans cesse sollicité. Je tiens avant tout à ce qu'on me foute la paix, je suis très cossard, en pratique on ne cesse de me casser les pieds. L'enfer c'est que je ne sais pas dire non aux amis.

Chez lui, en arrivant, j'ai compté six chats.

– Zapata, Nestor, Flora, Rosa, Enrich, Buena ! Tout le monde, à table !

– Nestor ?

– Oui, Makhno.

Dans la bibliothèque, au milieu du désordre, deux panneaux témoignaient d'un semblant de classement, environ cinq cents ouvrages consacrés à la révolution, à toutes les révolutions de l'histoire.

– Guy avait les mêmes, nous les lisions en simultané, nous confrontions nos fiches. Nous avons travaillé à la destruction du monde, nous y avons bossé on ne peut plus sérieusement.

Raoul Vaneigem avait rencontré Guy Debord à la fin de l'année 1960.

– Tout de suite, il m'a mis au boulot. Je devais coucher noir sur blanc les idées que je développais à l'époque sur la survie en milieu capitaliste. Lui se consacrait à la notion de spectacle, nous nous sommes ainsi réparti les tâches. À l'été 1961, j'ai rejoint mes parents à Majorque où ils gardaient une vaste propriété pour le temps des vacances scolaires. Tous les matins, pour m'exalter un peu, je préparais un café-cognac, non pas à la parisienne, mais en suivant la recette que Guy m'avait révélée. Je faisais chauffer une demi-bouteille de cognac dans une casserole et, avant que le liquide n'atteigne le point d'ébullition, à l'aide d'une chaussette garnie de café, je le passais brûlant sur le grain moulu. Un remède de poète. Au bout d'un mois de ce traitement, j'avais bouclé mon texte, mais une nuit des rougeurs me sont venues.

Je le sentais tourner autour du pot. Souvent, je me trouve confronté à des tempéraments qui ne peuvent envisager de vendre leurs livres ou leurs archives autrement que sous l'angle de l'humiliation. Ils renâclent, je patiente, j'essaie de faciliter la chose.

Je devais séjourner quarante-huit heures chez lui, j'y suis resté une semaine. Raoul m'a proposé la soupente. La nuit venue, je m'allongeais sur le lit étroit, et dans le froid glacial, je rabattais sur moi draps et couvertures jusqu'à la base du cou, de manière à ce que rien ne dépasse. Dans la tête, je voyais miroiter des trésors de papier. Le matin, au réveil, je constatais que je n'avais pas bougé un poil de mon dispositif polaire.

Il commençait la journée par un tartare de trois viandes accompagné d'un œuf, mais sans câpres, je me contentais d'un rapide café et, dans le brouillard matinal et les séquelles de la nuit, je filais me mettre au chaud à la buanderie. Dans ce petit local en moellons, Raoul entreposait tout ce que sa vie, tel un cactus au passage des ans, avait accroché en fait de papillons et de feuillets imprimés, savoir un total de quinze cartons à bananes. Tout semblait intact, avec ardeur j'ai commencé de trier.

Le soir je sortais de mon antre pour nous

préparer un dîner, il me faisait goûter ses bières. Souvent, il m'a parlé à cœur ouvert :

– Je songe souvent à ce qui a été notre échec. Je ne parle pas des exclusions, on nous les a reprochées avec une foi si médiocre. Il paraît évident qu'on a moins l'occasion de se fâcher avec ses amis quand on dîne chez eux deux fois par an qu'en les soumettant sans relâche au feu d'un effort commun. Je pense à cet effort commun, précisément. À nos idées révolutionnaires et à tous ces comportements archaïques dont nous avons failli à nous défaire. Nous voulions inventer une communauté à l'avant-poste de l'existence humaine, une communauté fondée sur la liberté et le combat contre l'autorité, sous toutes ses formes. Mais dans ce combat même, nous avons trouvé à l'autorité une légitimité nouvelle, et nous en avons sans sourciller pris notre parti. Nous n'avons pas su faire l'économie du prestige, c'est vrai, mais qui le saura jamais ?

J'entends souvent que je me répète de livre en livre. Je l'admets volontiers. Mais il faut comprendre de quelle paresse il s'agit et qui prétend porter le grief. Je bénéficie d'une rente de situation. Elle donne fort peu, mais elle donne néanmoins : depuis quarante ans je tire mes maigres revenus d'un filon précis, et j'ajoute avec honnêteté que les femmes que j'ai eues, d'une manière ou d'une autre, sortaient toutes de mes livres, alors une rente de situation, j'entends, mais au même titre que n'importe lequel de ces crétins qui se glorifient en me contestant. Au même titre que n'importe quel écrivain. Au même titre que Guy, inutile de le souligner.

Au milieu des ordures, à sa mort, un copain a fait paraître dans *Le Monde* un portrait, détourné de celui que Chateaubriand dresse du cardinal de Retz dans *La Vie de Rancé*. Eh bien, crois-moi, il y a plus de révélations dans ce texte écrit sur un autre, par un autre, en d'autres temps, que dans tout ce que nos contemporains ont déballé sur lui depuis son suicide.

Tard dans la nuit, il m'a entretenu de l'incroyable gaucherie que Guy Debord manifestait avec les objets comme avec les femmes, des aventures du lovelace tortu et batailleur, des copines qu'à tour de rôle ils avaient partagées, de sa royauté.

– Royal, Guy l'était. Il faisait de ses appétits des principes de vie. Un jour, je me souviens, nous allions en voiture au Danemark, Guy, Attila Kotányi et moi. L'heure du dîner approchait, nous nous trouvions loin de toute ville, j'étais d'accord avec Guy de nous mettre en quête d'une auberge au plus tôt, sur le bord de la route. Mais Attila voulait poursuivre jusqu'à Hambourg où un repas nous attendait. Pour sortir le débat de l'impasse, Guy a mis au point le « compromis situationniste » : un, on dîne tout de suite ; deux, on redîne à Hambourg. Royal et sans flèche. Il avait quatre ans quand son père est mort, et son beau-père le vissait. Il disait que son seul héritage, comme les vrais orphelins, il l'avait trouvé dans les livres et les vieilles pierres de nos villes. À force de se promener, en buvant beaucoup, il avait découvert l'art d'enchanter les lieux. Même à Lessines, ma bourgade natale, nous avons fait des expériences de dérive. Guy devenait fantassin, fugitif, poète, il traquait les recoins, les histoires incomplètes, il a levé le voile sur l'espace urbain comme jamais auparavant. La dérive, la fascination des truands, l'idole des mauvais sujets, Chateaubriand avait vu juste : la royauté de la rue…

En revenant aux frangines, je lui ai demandé tout de go s'il savait quelque chose du prédateur malheureux et violent dont certaines témoignaient.

– J'ai mis dix ans à me remettre de ma démission. Guy et moi, nous ne nous sommes jamais revus. Je l'ai aimé, vois-tu, mais lui, je crois, ne savait pas.

11

Samedi, Victoria est arrivée de Prague sur les coups de onze heures. Ses bagages à peine déposés, elle a ouvert en grand les fenêtres qui donnent sur le jardin et elle a vidé la caisse des chats.

– Dehors, maudits zapateros, du vent, on a besoin de respirer dans cette carrée ! Raoul, mon chéri, montez enfiler une chemise propre et le gilet que je vous ai offert l'an dernier.

En se tournant vers moi, de sa voix de rocaille, elle a ajouté :

– Il est comme ça, indécrottable, l'hygiène, il continue de trouver ça bourgeois. Mais toi, je t'observe, tu ne dis rien. Le côté vieil anar craspec, ça ne te gêne pas ? Le métier sans doute, moi, je ne m'y fais pas.

Le soir, la discussion a roulé en famille sur la littérature du passé. Je ne sais plus comment nous en sommes venus au rôle de la violence dans l'histoire. Je me suis souvenu d'une information que Felipe m'avait assénée comme la preuve irréfragable de l'impéritie de Guy Debord. Lors de la journée du 23 mai 1968, la foule s'était attroupée sur la place Saint-Michel, très vite entourée de gendarmes mobiles. Le cortège piétinait dans l'attente d'une autorisation et d'un trajet. À la préfecture, on ourdissait un plan : amener les manifestants à la Bourse, enflammer le bâtiment, et leur faire porter devant l'opinion la responsabilité de l'incendie. Cependant, en élaborant le tracé, les autorités avaient oublié qu'il existe, rue de la Bourse, une armurerie, la plus importante de la ville de Paris. En définitive, quelqu'un l'avait-il seulement remarquée ?

– Mettre le peuple en armes… Bien sûr, nous étions des professionnels de la révolution… Je vais te raconter un épisode qui s'est déroulé cette après-midi-là, place Saint-Michel. Du groupe, il ne manquait personne. Nous tapions du pied en beuglant, comme toujours, de vieilles chansons françaises, quand un copain a réussi à piquer son fusil à un flic. D'un coup, la foule s'est tue en retenant son souffle, un type pas loin s'est mis à hurler. Le fusil est passé de main en main, et quand il est arrivé dans celles de Guy, les bras en V, il a montré l'arme au ciel puis, en effectuant un quart de cercle avec ses bras, il l'a fracassée sur son genou.

Dimanche, en fin de matinée, alors que je venais d'achever l'inventaire et l'évaluation de ses archives, j'ai demandé à Raoul de me suivre pour faire le point. Dans la moiteur de la buanderie et le zonzon des machines, loin de toute oreille, j'ai murmuré un prix. Avant de monter rejoindre Victoria et les enfants, je lui ai montré la boîte à chaussures que j'avais dénichée au fond d'un petit meuble en formica, lui-même soigneusement dissimulé derrière les piles de cartons. Comme il n'avait pas l'air de comprendre, j'ai retiré le couvercle.

– Le browning ! J'avais oublié, le browning ! Un pistolet historique, soit dit en passant, sorti pièce après pièce de la fabrique de Herstal par un de nos camarades, *le* pistolet d'Internationale situationniste ! À la fin des journées de Mai 68, Guy était convaincu que les services secrets allaient tenter de nous éliminer. Il voulait trouver des armes. J'ai proposé à tous les camarades de venir planquer chez moi, à Bruxelles, place du Chat-Botté. C'est le browning qui a fini de persuader Guy. Nous avons pris le train direct pour la gare du Midi. Guy, quant à lui, a préféré passer par le Luxembourg, il a mis trois jours de plus. Nous nous sommes cachés cinq semaines durant, en attendant un éventuel assaut, avec pour seule puissance de feu ce browning, et comme rien ne venait, nous avons écrit un livre. Prends le pistolet, je te le donne.

J'ai enveloppé le browning dans le chiffon où je l'avais trouvé. Sur le linge, écrit au stylo bleu, j'ai déchiffré : *Noli me tangere.*

* * *

En revenant ce soir à mon bateleur, je me suis fait la réflexion que la réalité la plus intense, en définitive, loge presque toujours dans les plis. Je parcourais les pages au fil desquelles mon schizophrène évoque son enfance, puis sa jeunesse, la rencontre de son destin au Quartier latin, un jour de Mai 1968 : « Une après-midi, je me trouve place Saint-Michel. La Police tient le pont. Les étudiants font le pied de grue. Un pavé vole, puis quelques bombes lacrymogènes, je profite d'une accalmie pour me planter au milieu de la place. Devant moi, un étudiant joue avec un fusil, le passe à ses copains, je m'approche des flics, en pointant l'arme du doigt, je meugle : "Alors, on y va, les vaches ?" Un petit gros brise le fusil. Je me retourne vers les étudiants, à leur tour je les injurie, avec les mêmes mots : "Alors, on y va, les vaches ?" Sous une pluie de projectiles et de gaz étouffants, je lève mon doigt vers le ciel et je désigne la statue de l'archange saint Michel sur la fontaine, dont jusqu'ici personne n'a songé à s'occuper. Je m'égosille. On se fout de moi. Erreur cruciale : c'était lier le ciel et la terre par un acte poétique, établir un sceau sur l'événement, une sorte de signature. C'était un signe pour toute la poésie. Depuis ce jour, je porte le nom de Gabriel. »

12

Quelque temps plus tard, j'ai réceptionné la marchandise à Paris et, muni d'un inventaire détaillé, je me suis rendu place Blanche. Paul Sébaste s'est aussitôt porté acquéreur de la totalité de l'archive. Rue du Montparnasse, j'ai pu reprendre mon travail de patience et d'observation. J'ai repéré un homme. En moins de trois semaines, il s'est cassé le nez six fois sur mon volet, à la septième je me suis laissé attendrir. C'était un éditeur, un nerveux qui comptait Raoul Hausmann et Guy Debord au nombre de ses auteurs maison. Il voulait voir mes fonds, il m'a appris quantité de choses. Je ne sais pas s'ils sont tous comme ça dans la profession, mais celui-là avait la manie de faire écrire un livre aux gens qu'il rencontrait pour la première fois. Je n'ai pu faire moins que promettre une traduction.

Un soir, enfin, je l'ai vue arriver. Pour accompagner le vin, je faisais à Felipe la lecture d'Omar Khayyam, dans la boutique aux volets clos. Il était question de ces espérances que le poète recommande de cacher à toute l'humanité, à cet instant précis elle est entrée, je ne sais comment car j'étais certain d'avoir fermé. Elle portait sur la tête un oiseau de majesté, un petit échassier proche du pluvier, et tous les deux me dévisageaient avec un étonnement tel que je n'osais plus détacher les yeux du livre. Aussi, pour cacher mon trouble, j'ai lu le recueil des *Quatrains* jusqu'au dernier. Pendant tout ce temps, elle n'a pas soufflé mot, ni son oiseau, c'est à peine si je les ai vus, en cadence, se balancer d'un pied sur l'autre. À la fin, Felipe l'a invitée à partager quelques verres d'hermitage.

Elle savait que je m'intéressais aux suicidés de la société, elle s'excusait d'une visite si tardive, mais la rumeur rapportait qu'on me trouvait plus facilement la nuit. Elle voulait me soumettre deux pièces. Elle a sorti d'une pochette rouge la photo d'une femme de vingt et un ans, un curieux nu avec sur le ventre une large étoile de mer, et une planche originale dessinée à l'encre de Chine : le portrait d'une folle, un bouclier au bras et un poulpe calé sous la cuisse, en pleine masturbation. Malgré ses traits de sorcière, en comparant les cils et la bouche, les seins à ceux de la photo, j'ai compris qu'il s'agissait de la même femme.

Ma visiteuse prétendait tenir ces documents de sa sœur, une artiste qui s'était jetée par la fenêtre du sixième étage, à l'âge de vingt et un ans. Elle disait posséder des manuscrits, des dessins, elle repasserait, elle n'avait pas le téléphone. Par précaution j'ai noté son adresse.

J'aurais pu patienter le temps qu'elle revienne, dès le lendemain je suis allé rôder dans son quartier. J'ai retenu une chambre au Louisiana pour me trouver à pied d'œuvre, et pendant dix-sept jours de rang, en jouant les amateurs de légumes dans les rayons du primeur au coin de la rue de Seine, puis le philosophe à la terrasse du café en face, j'ai épié la porte de verre et d'acier du 20, rue de Buci. En vain. J'ai décidé de regagner mes pénates. Elle m'attendait là, à quelque distance du Vaisseau fantôme, sous le porche qui me servait d'ordinaire de poste de guet. Je lui ai demandé ce qu'elle avait fait de son oiseau. D'un geste, elle a indiqué l'hôtel Renoir-Saint-Germain, un peu plus haut. Nous avions eu la même idée : depuis notre rencontre, elle n'avait pas quitté la rue du Montparnasse.

Elle s'appelait Marlène. Elle avait trente-sept ans, je n'osais pas lui dire combien sa ressemblance avec Vera me bouleversait. Dans ma chambre, je l'ai regardée se déshabiller, je pouvais toucher la beauté de mes mains, je la sentais si vivante, si largement offerte que je n'ai rien su faire. Alors le lendemain, pour me conditionner, j'ai bu un peu plus encore que ma raison. À chaque nouveau fiasco, j'augmentais les doses. Je craignais qu'elle finisse par en concevoir des humeurs de naufrage, aussi, un matin, je me suis convaincu de prendre rendez-vous chez un de mes clients, un psychiatre. Au terme de l'entretien, il a suggéré une cure de trois semaines dans une clinique de la région parisienne, il a promis que je serais au calme pour travailler, j'ai accepté.

En septembre, après une semaine sur liste d'attente, j'ai été admis aux Sophoras ; le département de traitement des toxicomanies affichait complet, alors on m'a placé parmi les suicidaires, des jeunes femmes pour l'essentiel, étrangement belles et diaphanes. Dès le réveil, on administrait à chacune cinquante milligrammes de Valium par voie de perfusion.

– Pour la couleur, ricanaient les infirmières.

Toute la journée, je voyais des nymphes flotter autour de moi, nues sous leurs nuisettes, transparentes dans la lumière des baies vitrées. Elles avaient des voix pâteuses, aux lèvres, pour certaines, on voyait même mousser les filets d'une écume blanche farineuse. Elles me racontaient l'histoire de leurs malheurs, les étapes du passage à l'acte. Dans le couloir je devais m'agripper à la main courante pour ne pas m'écrouler comme une flaque à leurs pieds. Aussi, au bout d'une semaine, j'ai demandé à voir le médecin. Je lui ai montré les pages de *Bartleby* dans le volume des

Short Stories acheté tout exprès, je lui ai rappelé que j'avais du travail. Il a accepté de diminuer la prescription de neuroleptiques, j'ai commencé de traduire Herman Melville.

Marlène, cependant, n'avait cessé de rôder. Elle passait à l'accueil de la clinique prendre de mes nouvelles et, en attendant que j'aille mieux, laissait des petits mots. Une après-midi, je travaillais sur une histoire de biscuits au gingembre, elle a frappé à la porte de ma chambre. Dans les bras, elle portait une corbeille pleine de fruits et de fleurs magnifiques, on aurait dit une apparition du soleil. Bartleby, avec ses miettes de biscuits, m'avait ouvert l'appétit, je me suis jeté sur les figues, et puis nous sommes descendus manger le reste sur les pelouses du parc. Je la voyais sourire à mes côtés. Nous nous sommes allongés dans l'herbe, elle m'a pris dans ses bras, en fermant les yeux, j'ai imaginé un jardin clos, quelque part au milieu de l'océan. Nous avons roulé au pied d'un buisson.

Admis à quelques jours d'intervalle, les nymphes et moi refaisions nos forces dans le même temps. Le soir, à la cafétéria, nous nous donnions rendez-vous à sept ou huit convalescents pour une tisane et des jeux de société qui n'en finissaient pas. Tout le monde riait et fumait beaucoup, personne ne voulait plus se coucher, l'équipe soignante devait nous supplier d'avaler nos traitements. Un beau matin, nous étions tous virés.

Quand je suis sorti de la clinique, Marlène est venue partager mon toit, pas mon lit, elle redoutait un dernier affront. Pendant un mois, elle m'a soumis à la torture de cette danse rapprochée par laquelle, dit-on, les déesses se soumettaient autrefois les mortels, puis un soir, elle m'a rejoint sous les draps. Des amoureuses, personnellement, je n'en ai jamais connu que d'une sorte, de toutes les autres je me suis senti chagrin. J'aime le maintien, et le moment où le maintien vole en éclats. Le voyage a duré six mois.

Parfois, nous sortions du lit. À la terrasse des cafés nous regardions les gens courir leurs buts lointains, nous visitions les zoos, les jardins d'acclimatation, les aquariums, les vivariums, et autres animaleries. Elle m'appelait « ma lotte », à cause, prétendait-elle, de mon visage bouffi. Le soir nous commentions les photos de nos ébats. La vie était là, simple et tranquille, dans le regard de cette femme, un chemin taillé pour les transports d'un roi.

La nuit pour qu'elle s'endorme, lettre après lettre sur son bras, je recommençais mon poème :

c'est drôle, tu seras morte un jour.
Avec toi la bouche cheveux yeux, et je veux dire
ce besoin unique et nerveusement
obscène ; c'est drôle. Ils seront tous morts
la moue des lèvres pleines de désirs charnues
pour jouer précocément et regarde la passion-
floue énorme
–morts–et le fracas noir délicatement doré…
l'herbe, et les étoiles, à la place de mes épaules.

« L'herbe, et les étoiles, à la place de mes épaules ». Je repense à ce film où un homme se décide un jour à dévider le bout de son rouleau. On le voit perdre son travail, quitter son appartement, depuis longtemps l'alcool lui a aliéné sa famille et tous ses amis, à la banque il procède à la clôture de ses comptes, et dans une voiture qu'il projette de liquider dès son arrivée, il part terminer son suicide à la gnôle dans une pension sordide du rêve américain. En chemin, il croise une blonde, une pute sublime, une âme perdue et touchante de rage à l'idée de la résurrection. Elle l'aime, elle voudrait le sauver, elle ne parvient pas à se sauver elle-même.

J'avais vu *Leaving Las Vegas* à sa sortie en 1995, peu de temps après ma rencontre avec Guy Debord. Une scène alors m'était demeurée obscure : le personnage se réveille en plein milieu de la nuit, couvert de sueur, on l'a vu s'arsouiller avec une telle opiniâtreté tout au long de la journée, on comprend qu'il se trouve dans un état de manque critique. Il rampe en direction de la cuisine, puis il ouvre la porte du frigidaire, avec des gestes déchirants il se hisse et saisit une bouteille de vodka et un gallon de jus d'orange. Au prix de terribles efforts, il parvient à la hauteur de l'évier, il y renverse le jus d'orange de manière à n'en conserver que deux doigts de fond. Il se laisse tomber par terre et, agité d'atroces convulsions, il entreprend de mélanger dans le gallon de plastique la vodka à l'orange, avant d'engloutir la mixture dans une impeccable performance de damné. Je ne comprenais pas pourquoi Nicolas Cage prenait le temps de fignoler un cocktail, plutôt que de se soulager directement à la vodka. Qui connaît vraiment la vérité, que celui qui l'a éprouvée ? Comme le voyage prenait fin, en revoyant le film, j'ai compris ce qui se jouait dans cette scène des cercles de l'Enfer. Au moment où il jaillit du sommeil, le personnage a l'estomac en feu, à cause des alcools de grain qui le lèsent depuis la veille. Quelques centilitres d'un alcool trop pur l'amèneraient à coup sûr à régurgiter, il doit le couper s'il veut pouvoir l'assimiler.

Les rudiments de mon présent esclavage.

Un matin, l'oiseau s'était envolé.

13

La mélancolie la plus profonde abrite encore des ressources de tendresse ; pour ma part, j'avais déjà de très loin franchi ce stade. Quelques semaines après le départ de Marlène, un matin de bonne heure, je passais devant un hôpital, je ne sais plus comment je me suis convaincu de pousser la porte. Les analyses pratiquées à neuf heures révélaient trois grammes neuf d'alcool par litre de sang et d'autres taux alarmants. Un interne m'a entendu, et puis je me suis calé dans un coin, en attendant la distribution des médicaments.

À vingt et une heures, j'ai avalé un cocktail de benzodiazépines, d'antidépresseurs, de neuroleptiques, de stabilisateurs de l'humeur et d'hypnotiques, je me promettais de bien dormir. Peu avant minuit, je me suis réveillé en sursaut, les paupières brûlantes de sueur. Dans mon dos, j'avais la sensation qu'on avait détrempé puis saupoudré les draps de minuscules cristaux aux pointes acérées. Je sentais mes membres endoloris de courbatures. La nuit, au pied de mon lit, semblait dotée d'une compacité inhabituelle, j'observais dans l'air des mouvements de chaleur, des tournoiements d'orage, des formes rouges surgissaient au milieu de la chambre, puis se fondaient dans le noir épais. Je percevais des sifflements et de curieux phénomènes acoustiques. D'un bond, je me suis levé, j'ai ouvert la porte, et au bout de quelques pas, tout secoué de tremblements, je me suis effondré sur le lino du couloir.

La désintoxication, à proprement parler, ne dure que quelques jours, mais les trois premières nuits forment à elles seules un Himalaya. J'ai déjà accompli huit fois l'exploit de la descente complète, toutes sous assistance médicale, avec toujours le même résultat. Je reste abstinent pendant trois, quatre semaines, ensuite je monte en puissance sur une durée équivalente, et puis, au cours d'une période plus ou moins longue, j'alterne les quinzaines de grands excès avec celles, plus instables, de très grands excès. Un jour, à bout de forces, je retourne me désintoxiquer.

Mon commerce a très vite pâti de ce nouvel emploi à l'hôpital. Les neuroleptiques rendaient mon élocution difficile et m'inclinaient à fuir la compagnie des clients. Je me souviens aussi de l'humiliation ressentie à la sortie de ma traduction de *Bartleby* quand, au lieu des dédicaces qu'on me réclamait avec civilité, je rendais mes pâtés de loque. En maintes occasions, surtout, je me suis perdu aux yeux des hommes.

Un soir, je me rappelle, mon éditeur m'a invité à dîner chez lui en compagnie de Gianfranco Sanguinetti, un ancien membre d'Internationale situationniste, section italienne, qui cherchait à vendre des dessins. Des esquisses sans intérêt au demeurant, mais Felipe et moi étions arrivés si bien disposés à son endroit que Sanguinetti n'a eu aucun mal à finir ce que nous avions commencé. Il a produit le numéro du gentilhomme toscan contraint par l'exil de s'avilir au négoce des œuvres d'art. Il nous a opportunément vanté ses vignes et sa collection d'éditions originales des ouvrages de Lénine. C'était la dernière soirée que je passais avec Felipe. À un moment, je l'ai vu sortir un stylo-plume de sa poche intérieure et me tendre le chéquier avec obséquiosité. Le lendemain, j'apprenais que j'avais fini en compissant les murs de mon hôte, la rage sans doute d'avoir signé. Felipe répétait souvent que, dans la vie, on compte deux catégories d'hommes, et deux seulement : les cons et les salauds. Je venais de comprendre la distribution des rôles.

Les deux années suivantes, du fond de mon lit, j'ai assisté aux principaux développements de l'affaire du Trésor national qui a tant défrayé la chronique. Quelque temps avant notre séparation, Felipe avait fait connaissance, à ma demande, d'un libraire élégant : un homme réputé pour ses contacts avec des institutions américaines. L'université de Yale, lancée dans une vaste campagne d'acquisition de fonds européens d'avant-garde, avait manifesté son souhait d'acheter les archives de Guy Debord. Porteur de cette information en or, Felipe était retourné voir la veuve, ensemble ils s'étaient gaussés des rancœurs passées, et avec le concours du libraire, ils avaient procédé à un inventaire méthodique et formulé un prix : deux millions sept cent mille euros. Les Américains se déclaraient prêts à suivre, la vente avait donc été formalisée. Mais pour toute exportation d'un bien culturel qui recèle au moins un élément de plus de cinquante ans d'âge, la loi fait devoir au vendeur de soumettre préalablement ledit bien à la commission du Trésor. Elle statue s'il y a lieu de faire valoir le droit de préemption de l'État, au prix du marché s'entend, et de déclarer l'archive Trésor national. Le paiement peut alors être différé de deux ans et demi.

C'est là que le bât avait blessé. Felipe et son acolyte comptaient un ennemi parmi les douze membres de la commission, pour une histoire bête. Felipe avait fait des siennes durant des mois avant de régler à ce marchand d'autographes la facture d'un portrait de Paul Claudel. Par comble de malchance, ce membre était aussi le seul dans l'assemblée qui ait jamais entendu prononcer le nom de Guy Debord. Il s'était mis en devoir d'alerter le ministère de la Culture, la direction de la Bibliothèque nationale de France, et au bout d'un intense effort d'influences, à six voix contre six, la voix du président pesant double dans pareil cas d'égalité, Guy Debord était devenu notre Trésor national.

Parmi toutes les raisons qui poussent les gens à agir, il y a celle qu'ils donnent et qui souvent les grandit, et puis il y a celle, plus triviale, qu'ils taisent mais qui fournit un vrai motif à la satisfaction : se payer un amateur de Paul Claudel, il faut le comprendre, pour certains, c'est un plaisir qui ne se refuse pas.

Entre deux cures, je poursuivais mes affaires en veillant à sortir le moins possible. Je me rendais parfois à Limoges, avec les œuvres que continuait de me vendre dame Marthe, en quelques coups de fil je réalisais l'essentiel de mon chiffre.

En pleine affaire du Trésor, j'ai pris un stand au Grand Palais, lors de la Foire internationale du livre ancien. Le conservateur de la bibliothèque de Yale est venu me voir, il s'est présenté :

– *I'm an anarchist ! My name is Oscar Molly, nice to meet you.*

Il avait de bonnes joues et de larges moustaches rousses. Assis autour d'une petite table, pendant une demi-heure, je lui ai rapporté ce qui se disait à Paris des raisons de son fiasco, et en passant j'ai mentionné les manuscrits de Guy Debord et les *Mémoires*, que j'avais dispersés chez les collectionneurs. Il croyait l'archive intacte, c'est ainsi qu'on la lui avait vendue, il est tombé de sa chaise. Je venais de briser les derniers morceaux de ce rêve où il avait entraperçu le sommet de sa carrière : faire rentrer les lunettes de Guy Debord dans l'orbite universitaire. Je l'ai aidé à se relever, et puis je suis retourné me coucher.

* * *

Marlène ne m'a jamais montré d'autres documents de sa sœur suicidée, peut-être ceux que j'avais achetés constituaient-ils un leurre.

Souvent, je les examinais. En comparant encore le visage d'Ophélie sur la photo et les traits de succube du dessin, d'un œil je comprenais clairement laquelle des deux la jeune femme avait voulu tuer. Mais de l'autre, je pleurais celle qui en était morte. J'avais touché le fond, je creusais encore.

* * *

Une nuit, pourtant, un ami m'a sorti du lit avec une vraie nouvelle : il m'offrait la possibilité immédiate d'interroger le seul témoin direct du suicide de Guy Debord. Mon ami habitait à deux pas de chez la veuve, j'ai sauté dans un taxi.

14

– Selon moi, tout a commencé ce jour de septembre 1994 où une souris a pointé son museau, à Champot, en plein milieu du salon. Une souris, voyez-vous, quand on est comme moi attaché à la domesticité, c'est toujours plus qu'une souris, c'est un signe, et moi je crois aux signes. Le signe par exemple que tout a commencé à foutre le camp. J'ai longtemps observé le comportement des rongeurs de tout poil : je peux vous affirmer que seuls une nourriture trop abondante et un long sentiment d'impunité peuvent engourdir les réflexes de l'animal au point de l'amener à se découvrir en plein jour.

Je vous fais mon récit. Je me tenais comme à mon habitude derrière le maître, le dos à la fenêtre qui donne sur le jardin. Par-dessus son épaule, je pouvais déchiffrer les manuscrits qu'il relisait et collationnait avec un soin inhabituel et, pour tout vous dire, inquiétant. Il suivait du doigt la ligne et chaque fois que son doigt, dans le texte, pointait le mot « vérité », la partie supérieure de son corps s'emballait de spasmes qui lui tiraient des grimaces de douloureux plaisir. Enveloppé dans un plaid couleur anthracite, avec le souffle court et des gestes économes, il ressemblait à une vieille taupe indigne, rouée jusque dans l'agonie. La maîtresse se trouvait à quelques pas, à notre droite, debout dans l'embrasure de la porte du bureau, quand soudain, entre ses jambes, elle et moi avons vu filer une petite boule de poils grise toute brillante. La souris a croisé mon regard, elle a stoppé net sa course en pilant sur ses pattes de derrière, l'œil interloqué. Une bête aussi dodue, instinctivement je nous ai plaints, et je me suis également pris de sentiments pour le pauvre muridé. Je ne croyais pas voir si juste. Il allait reprendre son élan pour déguerpir plus prestement lorsque, tout à la joie où le trouvait sa lecture, le maître a émis un rire, que je vous dise, un de ces rires dont le mal lui avait récemment découvert le secret : une épouvantable stridulation qui lui courait des entrailles jusqu'à la gorge, une sonorité d'un autre monde, à la fois sèche et grasse, un bruit impossible. La souris s'est cabrée, les pattes de devant haut levées, puis elle s'est étalée la truffe contre le sol. Le maître n'a rien remarqué, quant à la maîtresse, j'ai vu à la dilatation de ses pupilles qu'un malentendu s'installait. Elle m'envisageait désormais comme un familier des régions de la mi-mort, un de ces êtres capables d'arracher la vie d'un seul regard. Elle a ramassé le cadavre et me l'a présenté dans une profonde inclination, avant d'aller le jeter à la poubelle.

Je me souviens qu'elle est revenue de la cuisine les bras chargés de munitions : crème fraîche, téquila, vodka de Russie, rhum ambré, et quatre verres à moutarde. Elle s'est installée à l'autre bout de la table, elle a versé dans un shaker de longs traits des trois alcools, à la cuillère elle a ajouté la crème, après avoir savamment agité elle a réparti dans les verres le mélange en doses égales. Elle a disposé devant le maître trois verres et s'est gardé le dernier. À peine avait-elle commencé de titiller le breuvage, que le maître faisait claquer sur le bois le cul de son dernier verre en bramant : « Encore ! » En vérité, j'ai pu constater, au fil des années, qu'il ne pouvait se livrer à une activité de quelque efficace sans se galvaniser de l'atmosphère d'une extravagante beuverie. Je connaissais ce cocktail, le maître l'avait baptisé « les travaux forcés », il le réservait pour les grandes occasions, encore un signe qui ne présageait rien de bon.

Ils ont poursuivi jusqu'au milieu de la nuit. La maîtresse s'occupait de la boisson et, entre deux tournées, rapportait de la bibliothèque de nouveaux dossiers que le maître épluchait. Tout y est passé : les manuscrits, cahiers ou liasses de papier, les tapuscrits, les épreuves d'imprimerie, les lettres reçues – celles du moins qui avaient survécu à l'opération déclenchée par le maître trois ans auparavant, sous le nom de code Katyn – les copies carbone des lettres adressées, les photos du maître, les photos des amis, les photos de tournage, les bobines de films, les fiches de lecture sur papier bristol, entassées par centaines dans des boîtes à chaussures, les paperolles, les notules, les billets.

« Il n'y a rien à jeter, a proclamé le maître. Aux prix que peuvent atteindre les manuscrits de nos jours, si nous avions encore le temps, il conviendrait au contraire d'en rajouter. Concentrons-nous sur le moyen de valoriser tout cela. Nous pouvons commencer par joindre à l'ensemble quelques fétiches homologués : mes lunettes, mon briquet, la table du bureau, la machine à écrire, même si je ne m'en suis jamais servi, que sais-je, moi, le renard empaillé, enfin tout ce qui fait la panoplie habituelle de l'écrivain de génie. Ensuite, je crois qu'en opérant quelques destructions minimes parmi les inédits, et en les livrant à une publicité adaptée, en suggérant par exemple la dimension d'un continent perdu, nous apprécierions ipso facto ce qui a échappé à la destruction. »

La maîtresse a enregistré dans un haussement de sourcils consciencieux, et elle s'est levée. Du bureau, elle a rapporté une vieille enveloppe déchirée sur laquelle il était écrit :

Entre 14 heures et 6 heures du matin
le lendemain
Mercredi 9 mai 62

1 demi-litre rosé Vieille P.
1 demi-litre rosé
2 calvas
1 demi-bière française
3 ou 4 Munich/Monaco
1 litre vin rouge restaurant (au moins)
1 Munich/St-Claude
1 calva ?
2 rakis
1 litre vin dans la nuit
Total :
3 litres vin
2 litres bière
6 verres d'alcool = environ 1/2 litre.

« Vieille P. pour vieille prune, a précisé le maître. On garde, bien sûr, c'est mon meilleur poème. Ne sois pas inquiète, nous n'y sommes pas encore. »

C'était bien le maître, ça : présenter sa décision d'en finir comme un vulgaire travail d'équipe, nous dévoiler ses intentions tout à trac, au détour d'une phrase, comme le produit nécessaire d'un raisonnement dont nous aurions acclamé chaque étape. Je ne sais de l'épisode de la souris diabétique ou des dispositions du maître ce qui me gâtait le plus sûrement la fougue. Je me meurtrissais surtout, moi, de n'avoir su lire les signes avant-coureurs. On a beau garder son quant-à-soi, afficher une indépendance à toute épreuve, maugréer que les gens sont ceci ou cela, le problème avec les hommes vient qu'on s'attache. De toutes les charges que j'ai pu endosser en ce bas monde, croyez-moi, les relations humaines sont les plus lourdes.

L'automne s'annonçait épouvantable. D'incessantes masses d'air chaud remontaient de la Méditerranée pour venir crever au-dessus de nos têtes. La grisaille semblait dissoudre toutes les perspectives, je devenais languide. J'attendais un plan de bataille, un rôle précis, des directives, au lieu de quoi le maître se montrait maintenant affairé à la fabrication d'un film. À l'aide d'un téléviseur et d'un magnétoscope, que la maîtresse avait pour l'occasion loués au Puy-en-Velay, il passait des journées entières à visionner actualités et documentaires. L'humeur acide dans laquelle le plongeait le spectacle d'un monde courant à sa perte semblait le revigorer. Il reprenait du poil de la bête. À plusieurs reprises, je l'ai vu se lever de son fauteuil et faire, sans aide, quelques pas en direction de la cuisine. Il parlait plus volontiers, avec une volubilité retrouvée, il lui arrivait même de répondre au téléphone. Pendant quinze jours, il a pesé ses choix, il a coupé, monté, il a rabouté. Il a dicté à la maîtresse le texte des cartels qui ponctueraient les scènes.

Je suivais les travaux d'assez loin, et je dois avouer que j'aurais fini par m'en désintéresser tout à fait si le maître n'avait commencé à repasser en boucle une scène tournée dans la cour d'un collège de la banlieue lyonnaise. Je le voyais se lever et se frotter les mains en répétant : « Excellent ! Excellent ! » Devant les caméras de la télévision, un Arabe de quatorze ans mène l'interview de son camarade, un Noir du même âge, sous son bob, des yeux étonnants. L'Arabe : « Qu'est-ce que tu voudrais faire plus tard ? » Le Noir : « J'veux rentrer dans l'armée, faire un stage militaire, hein, l'armée de l'air, un truc comme ça, chais pas, la guerre, des trucs comme aç quoi… » L'Arabe : « La guerre, ça te plaît ? » Le Noir : « Ouais. » L'Arabe : « Ça te gêne pas, beaucoup de morts ? » Le Noir : « Beaucoup de morts, beaucoup de morts, on va tous mourir, alors beaucoup de morts… » L'Arabe : « Ouais, mais mieux vaut mourir tard que jamais, quoi, c'est ça ! »

« Mieux vaut mourir tard que jamais. » La phrase tombait tout droit du ciel des innocents. J'ai commencé à faire attention au matériau qu'il sélectionnait. Il traitait des derniers développements de la réalité. Il n'était question que de destruction et de maladie, de catastrophes et d'empoisonnements, de falsification, d'effondrement. Sans oublier cet accordéon qui pleurait sans cesse sa liqueur funèbre dans nos oreilles, j'avais à portée de sens tous les éléments de la prophétie.

15

– Le mal est revenu comme le maître achevait son film. Les irradiations nerveuses qui lui vrillaient les bras et les jambes ont redoublé de vigueur. Le seul contact des draps le faisait hurler. Il n'était plus question qu'il monte à l'étage se coucher, il passait désormais ses jours et ses nuits dans le fauteuil du salon, vêtu d'un simple caleçon et d'un tricot de corps, non loin de la cheminée sur laquelle la maîtresse veillait. Il semblait absent du temps présent, accaparé par des souvenirs anciens dont il cherchait à se soulager, incapable de fixer aucun des menus épisodes de notre quotidien. Quand il s'en mêlait, je l'entendais produire des versions totalement aberrantes de conversations auxquelles j'avais assisté, mais aussi de scènes dont j'avais été le témoin peu auparavant. Il était heureux qu'il n'ait jamais su se faire cuire un œuf, car dans l'état où il se trouvait, il l'aurait oublié, et lui, et nous, et la maison, tout aurait sauté.

Le 3 novembre le téléphone a sonné. La maîtresse a annoncé que le film serait diffusé à la télévision française six semaines plus tard, soit très exactement le 15 décembre 1994. Il était midi, elle venait de déclencher le réveil. Aussitôt le maître l'a priée de trouver quelques feuilles de papier et un stylo bic noir. Comme pour attiser notre curiosité, il a précisé que l'idée des cartels dans le film en avait entraîné une autre. Il a fait un premier pâté, il a roulé la feuille en boule et l'a jetée au feu, puis il a recommencé, échoué de nouveau, il s'est entêté. On aurait cru un horloger qui revient sur le métier avec une paire de moufles. Au terme de l'après-midi, après intervention des ciseaux de la maîtresse, il a finalement accouché de cette bandelette de papier blanc de huit centimètres de long sur deux de haut qu'on voit aujourd'hui apposée sur le flanc du plateau de son bureau. D'une main à peine reconnaissable, on peut lire : « Guy Debord a écrit sur cette table *La Société du spectacle* en 1966 et 1967 au 169 de la rue Saint-Jacques. »

Dans les jours suivants, le maître a déployé les grandes lignes de sa stratégie. À partir d'une analyse serrée des données du problème, il a extrapolé les difficultés qui ne manqueraient pas de surgir, et le moyen le plus sûr de les circonvenir. Il a examiné les scénarios les plus baroques, en passant à la loupe chaque détail. J'étais rassuré par la vigueur de sa logique, l'ampleur des moyens mis en œuvre, et les biais surprenants qu'il empruntait. Peu à peu, je me sentais gagné par une ambiance de conspiration.

Il a pris soin de dicter à la maîtresse des mémos, des listes de recommandations, de choses à faire. Sur un grand morceau de papier kraft punaisé contre le mur du salon, elle a noté au marqueur toute la chronologie de l'opération. Il lui a fait répéter son rôle, à chaque heure. Je me demandais cependant comment il comptait s'y prendre pour prémunir la maîtresse d'une accusation de meurtre. Considérant ses prouesses graphiques, un mot de sa main, dévoilant ses intentions, paraîtrait à coup sûr un faux accablant.

Le maître attendait, la maîtresse et moi ne savions exactement quoi. Je prenais par-ci par-là un peu d'exercice, je trottinais, je me maintenais en forme. Dehors, depuis dix jours, le temps s'éternisait à l'orage. La violence des intempéries avait stoppé la migration d'une colonie de gros oiseaux noirs au-dessus du jardin. En dépit de leur nombre, ils évoluaient sans bruit, s'agitant de droite et de gauche, sans jamais passer ni la cime des arbres ni les limites du terrain, comme si leur vol se heurtait de tous côtés à un réseau invisible de cloisons. Pour tuer le temps, je scrutais les zigzags, je soufflais sur la vitre, en grattant la buée, je transcrivais les mouvements subtils de la volaille. L'atmosphère devenait oppressante. Jamais je n'aurais cru qu'un présage pût marquer autant d'insistance.

Dans la nuit du 29 au 30 novembre, le vent a levé des montagnes, au matin le ciel était vide, les oiseaux avaient disparu. Sur les coups de onze heures, le maître a réclamé qu'on l'habille et qu'on installe son fauteuil dans le jardin. Par-dessus les hauts murs, la lumière découvrait des perspectives de champs, de bois, et de massifs rocheux. Seules, au loin, les vallées détrempées s'évanouissaient encore dans la brume. Il faisait froid, tout était mieux à présent. L'air avait retrouvé sa transparence, le monde respirait la beauté, je pouvais sentir son haleine.

Le maître s'est montré drôle et enjoué, il a peu mangé, il est resté sobre. À la fin du repas, il a annoncé son désir de demeurer là, jusqu'à la tombée de la nuit. Je me suis assis à ses côtés. Je dois avouer que je n'ai jamais éprouvé à l'égard du maître les sentiments d'idolâtrie dans lesquels, toutes ces années, j'ai vu patauger nombre de ses commensaux. J'aimais son naturel, son cœur, j'admirais ses nerfs, mais jamais devant lui je n'ai éprouvé la crainte de mal me comporter. L'autorité, le prestige, toutes ces choses ne me concernent guère. Sans doute suis-je trop bête pour cela. Sans doute ai-je raté quelque chose, et pourtant, dans le crépuscule, seul à seul, j'ai assisté de mes yeux à un phénomène des plus grandioses.

À mesure que le jour déclinait, je constatais

les transformations du visage de mon maître. Les chairs molles, mal rasées, sous mon regard paraissaient se restructurer, les masses graisseuses se redistribuer, s'affermir. L'œil devenait clair. À la tempe, je lui voyais battre une veine de vie. L'éclat, la densité de l'épiderme me rappelaient le buste des empereurs romains, taillés dans le marbre. Dans une lumière de coing et de gelée de groseille, loin dans le ciel, on aurait cru que toutes les montagnes autour s'étaient mises à pleurer la mort prochaine de l'homme.

Quand est venue l'heure bleue, le maître a agrippé une bouteille et l'a sifflée à une vitesse affolante. Sans autrement marquer le choc, d'une voix ferme, il a souhaité rentrer. Il a prié la maîtresse de le préparer. Elle a tamisé l'éclairage, puis elle est redescendue de la chambre avec trois serviettes de vieux lin et un objet long comme une canne à pêche, roulé dans un tissu noir. Elle a déposé le tout sur la table, devant le maître. Dans la cuisine, elle a fait couler de l'eau chaude au fond d'une bassine en émail. De retour au salon, elle a entrepris de le déshabiller. Elle lui a frotté longuement le dos avec une serviette mouillée, le torse, les parties génitales, au visage elle n'a pas touché. Elle l'a séché minutieusement puis l'a frictionné avec un baume aux senteurs de camphre. D'une voix bien assurée, le maître a déclaré qu'il était temps à présent pour elle de se retirer et de regagner ses appartements.

Je suis resté seul face à lui dans le salon, assis à l'autre bout de la table. Tout est allé très vite. Il a déroulé le long tissu noir qui enveloppait la winchester, avec des gestes précis il a vérifié le chargement, il a armé d'un coup sec, il s'est assuré que le projectile garnissait bien la chambre. Il a posé la winchester à plat devant lui sur la table, le canon pointé vers lui, dans la direction du cœur, il m'a lancé un regard, et ces mots : « Quand même, Nestor, on s'en souviendra de cette planète. »

J'ai craché par réflexe, il a pressé la détente. Le recul l'a projeté au pied de la fenêtre avec son fauteuil. Dans le salon de petite taille, un vacarme, une odeur indescriptibles. La maîtresse s'est mise à hurler, elle a dévalé les escaliers, au sol elle a vu le maître qui se tenait la poitrine des deux mains en articulant : « La douleur ! La douleur ! »

Le légiste a confirmé qu'il avait raté le cœur. Il a mis dix minutes à mourir, le temps que les poumons se noient.

Ensuite, les événements se sont déroulés selon le plan imaginé par le maître. Une demi-heure plus tard, j'ai vu débarquer les gendarmes en compagnie du maire, la maîtresse leur a fait écouter sur le magnétophone un enregistrement de la voix du maître – j'avoue, c'était bête comme chou, mais je n'y avais pas pensé. L'élu a signé le permis d'inhumer. Dans la nuit, la maîtresse a téléphoné à son frère en lui intimant de quitter Paris sur-le-champ et de rejoindre Champot au volant d'une voiture. Puis elle a brûlé quelques vieux papiers et remis un peu d'ordre.

Le lendemain matin, à huit heures, tous les journalistes s'attroupaient devant le portail de la maison. Le surlendemain, vendredi, à midi, un corbillard est venu du Puy-en-Velay. Deux employés ont déchargé un cercueil, ils l'ont porté dans la maison, puis l'ont chargé à nouveau dans le véhicule, qui est reparti d'où il venait. À vide. Tous les journalistes ont suivi. Un autre corbillard est alors arrivé de Saint-Étienne. Le maître prétendait qu'il s'agissait simplement de les écœurer un peu, que même bêtes à manger des chardons bleus, ils finiraient par découvrir le pot aux roses. Il ne se trompait pas. Le lundi matin, les journalistes s'assemblaient, en nombre considérablement accru, devant les portes du crématorium de Saint-Étienne. À onze heures, le personnel attaché aux lieux a publié que la cérémonie d'incinération du corps de Guy Debord se déroulerait à dix-sept heures. Tout ce beau monde a couru mettre à profit le délai pour se goberger. À quatorze heures quinze, la crémation a débuté. Le personnel a exigé que je me tienne dans un panier. Nous étions trois : la maîtresse, son frère et moi. À quatorze heures quarante-cinq nous avons repris la voiture pour Champot avec une urne.

Le répit a été de courte durée : toute la nuit, devant les hauts murs de l'enceinte de Champot, nous avons dû subir la rage et les cris de klaxon de ces médiocres charognards. Ils se croyaient humiliés, ils n'avaient encore rien ressenti. Vers sept heures, mardi, le frère de la maîtresse s'est couvert la tête d'un fichu féminin, le cou d'un joli foulard, il a enfilé des gants en peau de saumon, avec des motifs en soie brodés, puis il est monté au volant de la voiture de sa sœur. Dans la nuit tardive, en voyant passer une ombre chinoise, la meute n'a fait ni une ni deux : direction Marseille. Une demi-heure plus tard, nous prenions la route de Paris, la maîtresse, l'urne et moi, dans le véhicule que nous avait laissé le frère. Je n'ai pas assisté à la dispersion des cendres, je ne pourrai donc rien vous en dire.

16

Peut-on se fier à la parole d'un chat ? Je le crois, oui.

Je devais aussi ces révélations à la présence d'esprit de mon ami : un avis de recherche chez son boucher, un autre dans sa boîte aux lettres, un matou coincé dans le conduit de sa cheminée… Il n'avait pas tardé à faire le rapprochement, et à identifier l'animal égaré : Nestor, le chat de Guy Debord, qui n'avait fait aucune difficulté pour parler. Je ne tenais pas à m'attarder si près du domicile de la veuve, j'ai remercié mon ami et, avant de filer, j'ai empoché la bande magnétique qu'il me tendait.

Dans mon lit, très souvent, je me suis repassé l'enregistrement. J'avais l'impression d'écouter les répliques masculines de *La Collectionneuse* d'Éric Rohmer. Pour autant que le souvenir me permettait d'en juger, Nestor, dans son récit, imitait à s'y méprendre le phrasé de Guy Debord. On dit souvent que les animaux et leurs hommes finissent par se ressembler, c'était si vrai que pour la première fois je commençais à dégager une idée sensible du fantôme que j'avais poursuivi depuis maintenant presque dix ans.

Alors, il y a deux mois, en juin 2004, un vendredi matin, j'ai loué une solide Mercedes à deux pas de l'hôtel Pullman. Derrière la gare Montparnasse, dans un magasin de surplus militaires, j'ai acheté une pelle pliable et une caisse à munitions en fer étanche, puis j'ai rejoint la nationale 7 au Kremlin-Bicêtre en direction du sud.

Sur le chemin, j'ai rêvé de tous ces trésors qu'on avait vus resurgir du fond des âges, dans les temps pas si lointains, je me suis repassé ces histoires.

Celle de la *gueniza* du Caire, pour commencer. Un jour de 1896, un enseignant de Cambridge, spécialiste des langues hébraïques, un certain Schechter, s'était étonné du nombre anormalement élevé de manuscrits très anciens dans les achats récents de plusieurs grandes universités anglaises. Selon lui, de telles raretés, en nombre si conséquent, ne pouvaient provenir que d'une source. Il avait ouvert une enquête. En interrogeant les bibliothécaires, il était remonté aux vendeurs, et des vendeurs à la ville du Caire, à la partie ancienne de la cité, et plus précisément jusqu'à Fostat, un quartier d'antiquaires situé à proximité de la synagogue deux fois millénaire de Ben Ezra. La Loi juive défend de détruire les livres sacrés. Pour prévenir la parole de Dieu de la profanation, elle recommande d'enterrer les ouvrages hors d'usage ou défectueux, ou, en attendant, de les remiser dans un lieu des synagogues nommé *gueniza*. En décembre, Schechter s'était rendu en Égypte. Deux ans plus tard de négociations avec les autorités religieuses, dans la *gueniza* qui n'avait jamais été vidée depuis la fondation de l'édifice, en deux cents avant Jésus-Christ, il avait pu choisir, parmi les plus anciens, environ cent quarante mille manuscrits complets et fragments.

Plus récente, je me rappelais encore l'affaire de la mer Morte. Un jour de décembre 1946, trois Bédouins regardaient leurs chèvres noires se jouer des falaises, au sud des ruines antiques qui dominent le rivage nord-ouest de la mer Morte. Une bête s'était aventurée trop loin sur les crêtes, un berger était parti à sa recherche. Pendant son escalade, il avait découvert dans la roche deux orifices, deux ouvertures d'une même grotte, étroites, avec à leur pied de curieux amoncellements de roches taillées. Il avait lancé une pierre au travers de l'un des trous, et reçu, en réponse, un bruit de poterie brisée. La nuit tombait, le berger et ses deux acolytes s'étaient résolus à bivouaquer sur place. Le lendemain de bonne heure, ils dégageaient l'entrée de la grotte. Ils avançaient sur des tessons de terre cuite et là, contre le mur, un alignement de jarres leur était apparu. Sous les couvercles en forme de bol qui les coiffaient, reposaient de longs rouleaux de cuir et de tissu, verdis par les ans. Avant qu'ils ne trouvent le chemin des grandes institutions, les fragiles rouleaux avaient connu un destin plein de bruit et de confusion, au point qu'un beau jour, le 1er janvier 1954, on avait vu paraître dans le *Wall Street Journal* cette offre de vente pour le moins insolite :

Ventes diverses :
les quatre manuscrits de la mer Morte

Des manuscrits bibliques remontant
au moins au IIe *siècle av. J-C sont à vendre.*
Ils constitueraient un don idéal
à faire individuellement ou collectivement
à une institution religieuse
ou à un organisme culturel.
Boîte postale F 206, Wall Street Journal.

Dans les environs de la première grotte, sept autres sites avaient été découverts et livrés aux mains indélicates : des centaines de manuscrits avaient été atomisés en fragments de puzzles qu'on s'efforçait depuis de reconstituer. Le trésor des Esséniens, abandonné après la destruction du Temple, toute cette sagesse laissée là, à l'abri des grottes, pour plus tard ou pour jamais.

Je savais ce qu'il me restait à faire.

À Aix-en-Provence, j'ai acheté une édition de poche de *La Vie de Rancé*, après m'être assuré qu'elle comportait un appareil critique. Une fulgurance. Depuis le temps, je ne savais toujours pas qui se cachait derrière le monogramme H. B., je n'avais pas même pris le temps de vérifier si Chateaubriand s'était effectivement donné la peine de corriger la faute signalée. Le moment ou jamais. J'allais payer, la jeune femme qui se tenait derrière la caisse a lancé :

– Vous, je vous reconnais, sous vos airs de Coluche, vous êtes venu plusieurs fois chez mes parents acheter des livres. Il y a dix ans, j'étais une adolescente obèse, j'habitais Paris, pas étonnant que vous ne me remettiez pas.

Coluche ! Le visage statistique de l'alcoolisme européen ! Je commençais à comprendre les coquetteries de Guy Debord. Elle s'est rendu compte de sa bévue. Elle était fine et jolie, elle s'appelait Claire, nous avons bavardé un moment. Sur le ticket de caisse, elle a noté son numéro.

Plus tard, je passais près de La Barben, j'ai vu un paon qui paradait seul sur le bord de la route, le dos tourné au couchant. Une bête au port superbe et altier, à la démarche grotesque. Je me suis frotté les yeux et, en songeant à Nestor, je me suis demandé de quoi le paon pouvait bien être le signe. Et j'ai poursuivi mon chemin. Peu après, sur un ciel de lait mauve, j'ai vu se dessiner devant moi la dentelle des Alpilles. Il ne viendrait jamais à l'idée de personne de prospecter là, non, ce qu'il me fallait c'était un endroit où l'on creuserait un jour à coup sûr, mais le plus tard possible, et dans un autre temps.

J'ai dormi à Fontvieille en méditant cette énigme, digne d'un détective d'Edgar Allan Poe. Le lendemain, je suis parti visiter un aqueduc romain au milieu des vergers, avant de reprendre la route de Nîmes. Deux kilomètres au nord de Beaucaire, un éclair m'a traversé en découvrant le panneau de l'abbaye de Saint-Roman. Je venais de trouver ce que je cherchais. Une ruine définitive, un lieu où on avait déjà creusé. La version archéologique de *La Lettre volée*.

J'ai gravi le chemin de garrigue qui mène au site troglodyte, j'ai payé mon entrée en m'enquérant du jour de fermeture hebdomadaire, et j'ai pénétré dans l'immense molaire de calcaire que des générations de moines avaient aménagée en vastes salles intérieures, en ouvertures, escaliers, sièges épiscopaux et couches monacales. D'étages en recoins, j'ai gagné la terrasse qui domine le massif. Elle surplombe une courbe du Rhône éternel. Au sol, depuis le Ve siècle, les moines avaient laissé la trace de leur passage sur terre, pour chacun l'œuvre d'une vie, sa propre tombe, taillée dans la pierre, face à l'infini. Je trouvais les cavités d'une taille réduite, alors, discrètement, je me suis allongé près d'une. Je me trompais, victime d'un effet d'optique. Au fil du temps – les dernières fouilles remontent maintenant à près de quarante ans –, la plupart des tombes s'étaient remplies de terre, et la terre couverte de mousse. Avant de partir, j'ai vu la tête du fantôme, bien nette, au pied d'un tombeau vide.

Je voulais la cérémonie la plus sobre. Le mardi à vingt et une heures j'ai entrepris l'ascension de la dent avec mes outils dans les bras, une couverture et la caisse à munitions. Je suis parvenu au sommet sans rencontrer de difficulté. J'ai fait le tour de la terrasse pour choisir ma tombe, et je l'ai trouvée à l'abri d'un bosquet. À l'aide d'une truelle, j'ai découpé la mousse en carrés, je les ai réservés sur la couverture, avec la pelle j'ai retiré la terre et j'ai vérifié le chargement de la caisse à munitions. Je l'ai mise dans la tombe, j'ai recouvert de terre puis j'ai replacé les plaques de mousse. J'ai dispersé le restant dans les buissons et je suis rentré à Paris.

Je pensais que la cérémonie m'apporterait un peu d'apaisement, j'avais enterré ses livres, mais Guy Debord demeurait encore trop présent. Le 23 juillet, après quelques semaines d'errance, je suis entré à l'hôpital pour la dernière fois. Le 27, à ma sortie, j'ai trouvé sur un site de location cette petite maison de campagne, à Rueyres, dans le Lot, dans ce pays de chauves-souris où je réside depuis le 1er août. Je l'ai choisie sur plans. Par la disposition des fenêtres et celle de la cheminée du salon, par la distribution des pièces autour, avec son *cantou*, elle constituait la réplique à l'identique de Champot.

J'ai loué pour deux mois, il m'en reste un. Demain, je démarre tôt, je dois être à dix-sept heures à Paris.

17

Assistance publique
Hôpitaux de Paris
La Pitié-Salpêtrière
Service de cardiologie
à

M. le Dr Pavard
53, rue Delambre
75014 Paris

Mon cher ami,

Comme prévu un contrôle coronarographique a donc été réalisé le 01/09/04 sur le patient que tu m'as adressé, 36 ans, éthylique récemment sevré, tabagique, présentant une hypercholestérolémie familiale majeure et que tu as vu en raison de deux épisodes de douleurs constrictives, survenues à la marche et dans les suites d'un repas copieux.

Tu as trouvé à l'électrocardiogramme un rythme sinusal, un bloc de branche droit, une bonne fonction ventriculaire gauche à l'échographie. L'épreuve d'effort s'est avérée négative cliniquement mais positive électriquement. Une échographie de stress est apparue positive avec apparition d'une dyskinésie septo-apicale et contraction post-systolique du septum médian au pic de l'examen.

Le contrôle coronarographique réalisé le 1er septembre 2004 par voie radiale droite a mis en évidence une droite dominante occluse au 1er segment. Il existe une nette collatéralité homo- et contro-latérale. L'opacification du réseau gauche met en évidence un tronc normal, l'interventriculaire antérieure présente au 1er segment une sténose significative excentrée à 70 % avant le départ d'une diagonale développée, elle-même irrégulière. Il existe une sténose également significative à 70 % à l'origine d'une branche issue de cette diagonale, sténose également à l'origine d'une septale. La distalité de l'IVA est correcte, la circonflexe et la marginale sont correctes.

Après discussion collégiale, il nous est apparu plus logique chez un patient jeune, pouvant évoluer, de programmer une angioplastie sur l'interventriculaire antérieure en réouvrant vers la diagonale plutôt que d'opter d'emblée pour une chirurgie de revascularisation IVA, diagonale et IVP.

En accord avec le patient, qui désirait souffler un peu, ce patient regagne ce jour son domicile avec un traitement inchangé comportant :

– Plavix, 1 par jour
– Kardégic, 75, 1 par jour
– Ténormine, 50, 1 par jour
– Crestor, 20 mg, 1 par jour
– Zyprexa, 10 mg, 1 par jour
– Valium, 10 mg, 1 par jour.

Une hospitalisation programmée sera réalisée le 15 septembre en vue d'une angioplastie le 16. Je te tiendrai au courant de celle-ci. Je reste pour ma part à ta disposition.

En te remerciant de ta confiance, bien amicalement.

Dr Jean-Pierre Bertinchant,
praticien hospitalier.

Hier, 4 septembre, quand je suis rentré de l'hôpital, muni d'une copie de cette lettre, j'ai compris à certains éléments atmosphériques que quelque chose avait changé dans mon appartement parisien. J'ai ouvert les trois ou quatre cahiers qui m'ont suivi de la campagne, avec les photos, je les ai disposés sur la table du séjour. J'ai tracé quelques mots sur une feuille, mais je n'arrivais pas à me relire, j'ai pensé que ma vue avait baissé. J'ai pris deux pas de recul et là, au milieu du plateau de bois clair, à la place des cahiers, les ailes agitées par le vent qui courait des persiennes, j'ai cru voir une rangée d'oiseaux mazoutés. J'ai fermé les yeux pour chasser la berlue, je les ai rouverts, il faisait nuit noire. Je me suis dirigé vers la cuisine, et malgré toute l'imagination que je déployais à prévenir les obstacles, je me suis cogné de toutes parts. À chacun de mes gestes surgissait une éminence, sous mes pas une ornière. Pour finir, je me suis pris les pieds dans la lanière de cuir d'un sac posé à terre, et je me suis mangé le mur du couloir.

Je suis revenu à moi quelques minutes plus tard, en même temps que la lumière, j'ai d'abord songé à un effet tardif de la canicule, ou à un de ces malaises ordinaires qui saisissent le voyageur de retour chez soi, au terme d'une longue absence. Je me suis tâté le front, puis le bras, à la recherche du pouls. Tout paraissait normal. Je me suis demandé si c'était vraiment moi qui avais oublié mes repères ou, à l'inverse, eux qui avaient résolu de me perdre.

Dans la soirée, j'ai eu la révélation complète de ce que je sentais à l'œuvre. Je parcourais mon vieil exemplaire en maroquin vert de *La Vie de Rancé*, j'allais enfin pouvoir collationner l'originale sur l'édition de poche. Je lisais au hasard et j'ai buté sur une phrase où Chateaubriand déplore qu'on n'ait jamais songé à former un recueil des derniers mots prononcés par les personnages célèbres car ils feraient, écrit-il, le « voculaire de ces régions énigmatiques par lequel on communique du monde au désert ». J'ai recherché dans *Littré* le sens exact de ce « voculaire » sans l'y trouver. J'ai pris l'édition de poche pour procéder aux vérifications et, saisi d'une urgence, je me suis dirigé vers les toilettes. Je ne sais pourquoi j'ai ouvert le volume avant de m'asseoir sur la lunette, j'ai vu une petite feuille de papier glisser et tomber en douceur au fond de la cuvette. L'encre sur le ticket de caisse s'est brouillée, puis a fini de s'estomper.

J'ai repensé à toutes les feuilles que j'avais noircies ces dernières semaines, à ces fragments sans contexte, à ces écritures lacunaires qui n'avaient de sens que pour moi : l'archange, le fou, la traversée. J'aurais aimé mettre un peu d'art dans tout ça, un jour, finir mes phrases. Alors, j'ai tiré la chasse.

DU MÊME AUTEUR

LE CURE-DENT, Éditions Allia.

Composition IGS-CP
Impression CPI Bussière en juin 2013
à Saint-Amand-Montrond (Cher)
Éditions Albin Michel
22, rue Huyghens, 75014 Paris
www.albin-michel.fr

ISBN : 978-2-226-24980-7
N° d'édition : 20876/01. – N° d'impression : 2003353.
Dépôt légal : août 2013.
Imprimé en France.